Sechs erotische Kurzgeschichten

Geschichten von

Christina Jardin

Zeichnungen von

sketch_for_runaways

1. Auflage

Herstellung und Verlag: BoD – Books on
Demand, Norderstedt
ISBN: 978-3-756-81613-2
Autorin: Christina Jardin
Illustrationen: sketch_for_runaways

Peinlich, heiß, SEX

INHALT

DIE NEUE

Kapitel 1

Draußen regnete es in Strömen während Jan am Laptop sitzend durchs Internet surfte. Er war seit nunmehr gut 6 Wochen 18 Jahre alt, aber immer noch Single. Er war etwas schüchtern und hatte deshalb nicht wirklich viel Erfahrung mit Mädchen. Natürlich hatte er schon mal eine Freundin, aber wirklich Sex hatten Sie nie gehabt. Über mal streicheln und küssen waren sie nie hinausgekommen. Er war also faktisch noch Jungfrau.

Die meiste Erfahrung hatte er daher eher mit seiner Hand beim Wichsen. Vom Gefühl in der Pussy eines Mädchens zu stecken, konnte er bisher nur träumen.

Auch jetzt hielt er gerade seinen steifen Schwanz in der Hand, während er sich im Netz einen Porno ansah. Auf seinem Bildschirm war gerade zu sehen, wie ein junges Mädchen ihrem Freund einen blies. Dieses Gefühl würde Jan auch gerne mal haben, wenn sich der Mund eines süßen Mädchens um seinen Schwanz schloss. Wenn die warmen Lippen seine Vorhaut herunter schoben, ihre Zunge seine Eichel umspielte und ihr Kopf sich dabei im Rhythmus hoch und runter bewegte. Er konnte es förmlich fühlen, wie geil das sein musste.

Das Mädchen drehte sich gerade um und setzte sich auf den steifen Schwanz ihres Freundes und ließ den Schaft tief in ihre nasse Muschi gleiten. Es sah so geil aus, wie sie sich auf ihm bewegte und wie süß sie dabei aussah. Jan starte wie gebannt auf den Laptop, während er seinen Schwanz immer schneller wichste.

In dem Moment, wo der Junge seinen Schwanz aus dem Mädchen zog und sie sich auf die Knie fallen ließ, um wieder zu blasen, merkte Jan wie seine Eier sich verkrampften. Er spürte, dass er gleich kommen würde.

Der Junge im Video spritzte gerade seiner Freundin auf die Brüste als auch Jan zu spritzen begann. Er traf seine Jogginghose, den Schreibtisch und selbst der Bildschirm blieb nicht verschont. Er zuckte und zuckte.

Er musste also gleich wischen, aber das war ihm in diesem Moment vollkommen egal. Das erlösende Gefühl des Orgasmus strömte durch seinen Körper und er fühlte sich gut. Ihm war klar, dass es mit einem Mädchen noch um einiges schöner sein musste, für den Moment war er aber trotzdem zufrieden.

Er genoss die letzten Sekunden, bis das Gefühl verklang. Er schloss das Browserfenster, wischte den Bildschirm mit einem Feuchttuch ab und klappte seinen Laptop zu.

Angst, dass seine Mutter etwas entdecken könnte, hatte er keine. Sie verstand von Technik so viel wie er von Atomphysik. Deswegen machte er sich nicht die Mühe seinen Browserverlauf zu löschen. Auch hatte er kein Passwort auf seinem Computer.

Er wischte noch schnell den Tisch ab, zog seine Jogginghose aus und warf sie in die Wäsche. Dann ging er duschen, bevor er sich für die Schule fertig machte.

Er steckte gerade in den Klausurvorbereitungen. Er war ein sehr guter Schüler und würde seinen Abschluss hoffentlich mit eins bestehen.

Kapitel 2

Er setzte sich an den Frühstückstisch und schmierte sich ein Brot. In Gedanken war er aber bei Christiane, der neuen in der Schule. Sie war zwar auch gerade erst 18 geworden, sah aber wahnsinnig gut aus und hatte einen Body zum Niederknien. Seine Klassenkameraden lästerten zwar über Christiane, weil ihre Brüste klein zu sein schienen. So genau konnte er es nicht sehen, weil sie bisher immer sehr weite und locker sitzende Pullis trug. Das war für ihn aber kein negatives Kriterium, weil er sowieso lieber kleine feste Brüste mochte als solche Euter, die überall rumschlabberten. Er mochte es so eher eine Handvoll.

Er hatte das wunderschöne Gesicht von Christiane vor Augen als seine Mutter ihn fragte, ob er noch ein Toast haben wollte. Er nickte nur stumm, denn wenn er jetzt etwas gesagt hätte, wäre ihm sicher dabei ein leichtes Stöhnen entfahren.

Christiane war so unfassbar schön und heiß, dass er gerade nur an sie denken konnte. In seiner Hose regte sich etwas und er wurde rot.

„Was ist denn heute los mit dir Jan, geht es dir nicht gut? Du bist so schweigsam und siehst so aus, als wenn du zu hohen Blutdruck hättest?" entriss seine Mutter ihn seiner Gedanken an das Mädchen seiner Träume.

„Äh", war seine kurze Antwort. Mehr konnte er nicht gefahrlos sagen. „NICHT JETZT", dachte er sich. Sie hakte wieder nach und damit verflüchtigten sich alle Gedanken aus seinem Hirn. Auch die Spannung in seiner Hose ließ nach.

Allerdings merkte er, dass seine Unterhose etwas feucht war. Genau da wo seine Eichel den Stoff der Unterhose berührte.

„Ne, alles gut" sagte er. „Ich muss los" rief er ihr zu, als er schon fast an der Haustür war. „Nur schnell weg hier", dachte er.

Im Bus setzte er sich ganz nach hinten. Zum Glück war seine Haltestelle die erste auf dem Weg zur Schule, sodass er sich einen Platz aussuchen konnte. Der Busfahrer war wohl neu, denn der Bus war pünktlich. Das kam recht selten vor.

An jeder weiteren Bushaltestelle stiegen weitere Schüler zu und der Bus füllte sich immer mehr, was auch zu einem immer höheren Geräuschpegel führte. Das war ihm aber ganz recht, so konnte er sich nicht mehr so gut konzentrieren. Er wollte nicht wieder an Christiane denken und gleich mit einer Beule in der Hose aussteigen. Das wäre ihm peinlich gewesen.

Zu seinem Unglück stieg Christiane an der nächsten Haltestelle ein und setzte sich auch noch direkt eine Bank vor ihn hin. Er sah ihr lockiges langes Haar, ihre süßen Ohren, ihren Hals und immer, wenn sie sich umsah, ihr Engelsgesicht.

Ihm lief es heiß den Rücken runter und er spürte schon wieder dieses Ziehen in der Leistengegend. Dann drehte sie sich zu ihm um und lächelte ihn auch noch so zuckersüß an. Na toll, dachte er. Er blickte kurz nach unten und sah die Riesenbeule in seiner Hose. Nur noch zwei Haltestellen, bis sie da waren und er hatte eine Monstererektion.

„Bist du nicht in der Zehnten in meiner neuen Schule? Ich habe dich glaube ich gestern kurz gesehen" sagte sie. Er brachte keinen Ton heraus, sein Mund war so trocken wie die Sahara und er merkte, wie er schon wieder rot anlief. „Hallo? Redest du nicht mit mir?" fragte sie nochmals. Er schaffte es ein kratzendes „Doch, klar" von sich zu geben. Er versuchte dabei entspannt zu lächeln, sicher sah es aber eher aus, als wenn er schmerzverzehrt das Gesicht verzog. Sie blickte ihm mit ihren wunderschönen Augen direkt in seine und lächelte zurück.

„Geht es dir nicht gut? Ich bin übrigens Christiane, die Neue. Wie heißt du?" Er schluckte zweimal und antwortete dann etwas leise, „Jan..... ich bin Jan". „Jan, süßer Name. Ich freue mich dich kennen zu lernen. Bis später mal" sagte sie und stand auf. Der Bus hielt an der Schule und alle stiegen aus.

„Hey, aussteigen junger Mann. Ich muss weiter" rief der Busfahrer nach hinten. Jan blickte sich um. Er war der Letzte im Bus. Schnell schnappte er sich seinen Rucksack und hielt sich diesen vor seinen Schritt, während er den Bus verlies.

Jetzt musste er sich aber beeilen. Er war sicher der letzte in der Klasse. Sie hatten gleich Geschichte bei Frau Schneider und die war echt streng. Zu spät und du wurdest aufgeschrieben.

Er schaffte es noch gerade so.

Kapitel 3

Die Schulstunden flogen so an ihm vorbei, wirklich klare Gedanken konnte er nicht fassen. Ihm geisterten immer wieder dieses bezaubernde Lächeln, diese wunderschönen Augen und diese zuckersüße Stimme durch den Kopf.

Endlich war dieser Schultag zu ende. Jan stand draußen mit seinen Freunden Max und Hütte, also eigentlich Heinrich. Aber Heinrich hasste seinen Namen. Da er sich im Wald eine Baumhütte gebaut hatte, nannten ihn alle nur Hütte.

Sie sprachen gerade über das letzte Fußballspiel des ASV gegen den VfB. Jan spielte selbst in der A-Jugend und hoffte bald auch mal in der ersten Mannschaft eingesetzt zu werden. Er sagte gerade „Beim ersten Tor dachte ich erst der Torwart…" als ihn von hinten jemand auf die Schulter tippte. Er drehte sich um und ihm stockte der Atem. Christiane stand hinter ihm und lächelte ihn an.

„Kann ich dich kurz mal sprechen Jan?" fragte sie mit ihrer Zuckerstimme. Sie rollte das R so unfassbar süß. „Äh", war wieder alles, was über seine Lippen kam. Max und Hütte verabschiedeten sich weil Ihr Bus gerade um die Ecke bog. „Bis morgen Jan und viel Spaß" rief Max ihm noch mit einem Augenzwinkern zu.

Christiane schaute ihm tief in die Augen und Jan merkte, wie ihm die Knie weich wurden. „Sag mal, ich habe in meiner Klasse rumgefragt, ob jemand weiß, wer mir Nachhilfe in Geometrie geben könnte.

Simone meinte, dass du ihr damals super geholfen hast, auch wenn du ziemlich schüchtern wärst." Sie grinste.

Was sollte er nun sagen. Seine Gedanken sprangen durch seinen Kopf und er konnte keinen davon festhalten. Es drehte sich alles. Da hupte ein Autofahrer, weil ein Junge aus der Fünften einfach über die Straße gerannt war. Jan zuckte zusammen. „Äh", sagte er wieder.

„Könntest du mir auch helfen? Das wäre superlieb von dir. Ich möchte nicht sitzen bleiben."

Jan versuchte sich zusammen zu reißen und stammelte „Äh, also, äh. Ja, klar. Ich, äh, ich gucke mal, äh wann ich, äh Zeit hatte…. äh hab" und grinste dümmlich.

Christiane schenkte ihm ihr süßestes Lächeln. „Dann schau mal in Ruhe. Hier hast du meine Handynummer. Schreib mir einfach, wann es dir am besten passt. Ich muss jetzt los, meine Ma kommt gerade angefahren. Wir wollen noch shoppen. Meld dich einfach" säuselte sie und war verschwunden.

Er stand noch länger da und versuchte wieder klarzukommen. Er blickte sich um. „Na toll", dachte er. „Jetzt ist mein Bus weg. Kann ich mal wieder heimlaufen."

Kapitel 4

Abends saß er beim Abendbrot als sein Handy piepte. Eine WhatsApp von Christiane. „Hey" stand da. Verdammt, wo hatte sie seine Nummer her? Er hatte sich bisher noch nicht einmal getraut ihre Nummer zu speichern. Wie in Gottes Namen hatte sie seine Nummer herausbekommen. Er schrieb mit zitternden Fingern „huhi" zurück. Scheiße, auch noch vertippt dachte er.

„Sag mal, du wolltest dich doch melden, wann du Zeit hast" schrieb sie. „Ja, hätte mich nachher noch gemeldet" log er. „Woher hast du denn meine Nummer".

„Ich hab die von Simone, weil ich Angst hatte, du vergisst mich". Als ob er sie vergessen könnte. Immer wieder dachte er an sie. Eigentlich die ganze Zeit. „Ok" antwortete er.

„Und?" kam nach 2 Minuten die Frage von ihr. „Und was" schrieb er zurück. „Wann hast du Zeit für mich?". „Immer" dachte er sich. „Ich hab immer für dich Zeit mein Traum."

Er antwortete „Also ich denke ich kann morgen nach der Schule. Wenn du Zeit hast. Also wenn nicht, dann ist das auch nicht schlimm. Ich will dich nicht unter Druck setzten. Ich denke ich kann auch an einem anderen Termin, weil du ja bestimmt schon was vorhast. Sag einfach, wann es dir am besten passt". Schreiben fiel ihm definitiv leichter als mit ihr zu reden.

„Morgen passt mir super. Gehen wir zu dir oder willst du mit zu mir kommen". Oh man, was sollte er darauf antworten.

Er wollte definitiv nicht zu ihr, da wäre er ja total fremd und noch unsicherer. Nein, zu ihr konnte er nicht. „Lass uns zu mir gehen" schrieb er. Lieber in gewohnter Umgebung. Da konnte er wenigstens etwas lockerer sein.

Klar, es war nicht das erste Mal, dass er Nachhilfe gab. Meist waren es Jungs gewesen, denen er geholfen hatte. Simone war das erste Mädchen gewesen. Aber Simone war so gar nicht sein Typ. Sie sah eher wie ein Junge aus. Kurze Stoppelhaare, Schlabberhosen und ziemlich Bott in ihrer Art.

„Soll ich ein paar Blümchen für deine Mutter mitbringen?" fragte sie. Er dachte kurz nach. Morgen war Freitag, da musste seine Mutter lange arbeiten. Vor 20 Uhr war sie da nie zuhause. „Nein nicht nötig, meine Mutter ist eh nicht da" antwortete er. „Perfekt" schrieb Christiane zurück. „Dann bis morgen, ich freue mich".

Was meinte sie denn nun bitte damit? Perfekt, warum war das Perfekt?

Er grübelte noch, als seine Mutter seinen Teller abräumte und sagte „Jan, ich fahre gleich mit Tante Claudia zu Opa Hans. Ihm geht es nicht gut und ich werde wohl mit Claudia über Nacht, vielleicht sogar das ganze Wochenende dableiben. Mein Chef weiß Bescheid. Schaffst du das ohne mich hier?" fragte sie grinsend. „Boar Mama, ich bin keine 7, ich bin 18. Klar schaffe ich das". Von Christiane erzählte er lieber mal nichts.

Er ging auf sein Zimmer und hörte seine Mutter in ihrem Schlafzimmer am Kleiderschrank rumhantieren. Sie packte wohl ihren Koffer. „Dann bin ich ja morgen mit

Christiane alleine", schoss es ihm durch den Kopf. Angst überfiel ihn. Was wenn ich nur stottere, was wenn ich rot werde, was wenn..... „Kacke, ich bin alleine mit ihr."

„Ich bin dann mal weg mein Schatz. Pass auf dich auf und mach keinen Unsinn." rief seine Mutter von unten. „Ich will noch nicht Oma werden, auch wenn du Sturmfrei hast".

„Boar Mama" rief er zurück. Dann hörte er wie die Tür ins Schloss fiel. Er wartete noch kurz, dann hörte er wie der Wagen aus der Garage fuhr und das Motorengeräusch langsam leiser wurde. Er wollte seiner Ma eigentlich noch gesagt haben, dass sie sich melden soll, wenn sie bei Opa angekommen ist.

Er schnappte sich sein Handy und schrieb ihr „Kannst du dich bitte kurz melden, wenn du bei Opa bist und ob du Sonntagmorgen wieder da bist?
Wir wollten doch zu Papa ans Grab". Er drückte auf Senden und legte das Handy wieder weg.

Zwei Minuten später piepte sein Handy. Er las „Ich denke mal du wolltest deiner Mutter schreiben und nicht mir." Oh man, scheiße. Er hatte die Nachricht an Christiane geschickt, falscher Chat. Wie peinlich. „Sorry, falscher Chat" schrieb er. „Nicht schlimm und gut zu wissen. Und tut mir leid wegen deinem Dad". Gut zu wissen? Was sollte das bedeuten? Ach ja, und jetzt wusste sie, dass er nur noch seine Ma hatte. „Naja, was solls", dachte er sich.

„Thx" antwortete er. „Bis morgen". „bm" folgte die Antwort.

Kapitel 5

Er setzte sich an seinen Laptop und öffnete das Browserfenster. Auf dem Monitor erschien wieder das Mädchen mit den vollgespritzten Titten. Sie sah so lecker aus, aber Christiane war definitiv noch viel leckerer. Ihr würde er gerne mal auf die Brüste spritzen. Oder auf ihren süßen Bauch, ihre Beine, ihre Muschi, ihren kleinen festen Arsch oder wenn sie es erlauben würde, in ihr süßes Gesicht oder sogar in den Mund.

Sein Schwanz stand sofort wie eine Eins und drückte heftig gegen seine Jeans. Er zog schnell die Hose aus, weil es echt wehtat.

Er brauchte nur an Christiane denken und schon wurde sein Schwanz hart. Er klickte sich durch verschiedene Videos und fand ein Mädchen, was ein bisschen Ähnlichkeit mit ihr hatte. Sie war zwar bei Weitem nicht so schön und so unfassbar süß, aber für seine Fantasie reichte es.

Er klickte das Video an und sah zu wie sich das Mädchen auszog und dabei ihren Körper streichelte. Als sie sich zwischen die Beine griff und ihre Schamlippen teilte, um ihren Kitzler zu reiben konnte er nicht länger einhalten.

Er spritzte ab und diesmal traf er das Bild von seiner Mutter, was auf dem Schreibtisch stand. Sperma tropfte von seiner Mutter. Er schämte sich, musste aber unwillkürlich lachen.

Er schloss den Browser und wischte alles sauber. Auch seinen tropfenden Ständer wischte er mit einem Handtuch ab, was neben seinem Bett lag.

In dieser Nacht schlief er unruhig und träumte sehr lebhaft von Christiane. Als er endlich aufwachte erschrak er. Der Bus war schon fast da. Kacke, er hatte verschlafen.

Er sprang aus dem Bett, zog sich schnell an und rannte nach unten. Jacke und Schuhe an, Rucksack geschultert und schnell zur Haltestelle. Nicht mal Zähne konnte er putzen. Heute schrieben sie auch noch eine Französisch-Arbeit. Und er hatte vergessen zu lernen.

„Scheiße…" dachte er. Im Bus vertiefte er sich ins Vokabelbuch und versuchte schnell noch ein paar zu wiederholen. So merkte er auch nicht als Christiane in den Bus stieg, sie setzte sich vier Reihen vor ihn und beobachtete ihn. Er hatte aber nur Augen für sein Vokabelbuch und bemerkte sie nicht.

Sie starrte ihn ungeniert an und lächelte. Sie fand ihn echt süß. So tollpatschig und schüchtern, wie er war. Sie freute sich nachher mit ihm alleine zu sein.

Erst als der Bus an der Schule hielt, blickte Jan auf und entdeckte sie. Sie schaute ihn mit ihrem strahlenstem Lächeln an, er schaute verschüchtert zu Boden, dann blickte er kurz auf und lächelte auch zurück.

Kapitel 6

Die Arbeit war eine reine Katastrophe. DAS, so war er sich sicher, würde seine erste drei in diesem Schuljahr. Mist, warum hatte er gestern auch nicht mehr daran gedacht zu lernen. „Ja, warum nur", dachte er sich. „Weil du Idiot nur an sie gedacht hast." Er war sauer auf sich selbst und absolvierte den Rest des Tages ohne weitere Vorkommnisse in der Schule. Er hatte heute nach der vierten Stunde aus. Der Bus würde erst nach der Fünften kommen. Er musste also warten.

Er schrieb Christiane um zu fragen wie lange sie Schule hat. „Bis zur 5. Du?". Er antwortete, dass er schon draußen auf den Bus warten würde. „OK BG" war ihre kurze Antwort.

Während er an der Haltestelle stand, sah er einem Pärchen zu, die sich ausgiebig küssten und eng umschlungen dastanden. Er konnte den Blick nicht von ihnen wenden. Der Junge fasste dem Mädchen an den Po und er sah, wie sie verstohlen ihre Hand von vorne in seine Hose schob und den „Freund" ihres Freundes massierte. Schwubbs, stand sein „Freund" auch wieder wie eine Eins. Der Junge blickte mit vor Genuss verkniffenen Augen um sich und sah Jan dastehen. Der Junge grinste und genoss, was seine Freundin da tat. Jan sah, wie der Junge plötzlich am ganzen Körper zitterte und ihm war klar, dass er gerade in der Hand des Mädchens gekommen war. Das Mädchen zog ihre Hand aus der Hose und Jan sah mit ungläubigen Augen wie diese ihre Finger ableckte. „OMG" dachte er noch, dann kam auch er heftig in seine Unterhose. Oh man, wie peinlich, er stand nun mit einem Fleck auf seiner Jeans da.

Er versuchte den Rucksack so vor sich zu halten, dass es niemand sah.

Plötzlich stand Christiane hinter ihm und klopfte ihm auf die Schulter. Er erschrak so sehr, dass ihm der Rucksack aus der Hand fiel und er sich ängstlich umdrehte. Sie blickte ihn an, dann auf seine Hose. Sie grinste wissend, denn Sie hatte das Pärchen auch noch kurz beobachtet und konnte sich denken, WAS da in seiner Hose den Fleck verursachte.

Jan hob schnell seinen Rucksack auf und stammelte „Ha… ha… hallo. Scho.. schon da?" Sie antwortete „Ja, Herr Mertens hat uns früher gehen lassen. Er musst wohl zu einer Besprechung".

Der Bus kam in Sicht und sie warteten, bis er hielt. Während der Fahrt redete Christiane von dem Test in Mathe den sie heute geschrieben hatten und was sie alles nicht verstanden hatte. Er hörte nur halb zu und konnte seine Augen nicht von ihren wunderbaren Lippen lösen.

Fast hätte er vergessen rechtzeitig auszusteigen. Gut, dass er am Ende der Linie wohnte. Sie stiegen aus und liefen zu ihm nach Hause. Dort angekommen, fragte er ob sie was trinken möchte.
„Gerne ein Wasser" sagte sie. Er reichte ihr ein Glas und sie gingen dann nach oben in sein Zimmer.

Zitternd sagte er „Se… setz dich doch" und sie nahm an seinem Schreibtisch Platz. Ihm fiel der Fleck auf seiner Hose wieder ein und er entschuldigte sich kurz. Er wollte ins Bad, schnell eine frische Unterhose und eine neue Jeans anziehen. Gut dass sein Kleiderschrank nicht bei ihm im Zimmer stand, sondern im Flur.

Schnell verschwand er im Bad, wusch sich kurz und zog sich um. Als er wieder in seinem Zimmer stand, wäre er am liebsten Tod im Erdboden versunken. Sein Laptop stand aufgeklappt da, wie zuvor. Allerdings war der Bildschirm an und das Browserfenster war geöffnet. Christiane starrte gebannt auf den Bildschirm, während das Mädchen im Video sich befriedigte.

Jan schrie kurz auf. Christiane erschrak und stieß gegen das Wasserglas, das zu Boden fiel. Es ging zwar nicht kaputt, aber der kleine Rest Wasser ergoss sich auf den Boden.

„Oh, tut mir leid" sagten beide gleichzeitig. Jan schaute verlegen auf den Boden. Er konnte ihr jetzt nicht mehr in die Augen sehen. Sie bückte sich und wischte mit dem Handtuch, was neben seinem Bett lag, das Wasser auf. „NEIN" wollte er noch sagen, „nimm nicht das Handtuch." Aber zu spät. Sie hatte schon gewischt.

Christiane sah, dass ihr Pulli auch Wasser abbekommen hatte und rieb auch ihren Pulli mit dem Handtuch trocken. Dabei bemerkte sie, dass sich das Handtuch an einer Stelle komisch anfühlte. Sie roch kurz daran und schaute dann Jan an.

„Sag mal, benutzt du das Handtuch, wenn du Mädchen beim Masturbieren zusiehst?"

Jan wurde kreidebleich und ihm wurde mächtig schlecht. Was sollte er jetzt sagen, was antwortete man darauf. „Naja, besser als wenn du einfach in deine Hose spritzt, wie vorhin. Aber das war auch echt geil, was die beiden da gemacht haben. Als sie ihre Finger abgeleckt hat, wurde ich direkt feucht."

Jan starrte sie mit offenem Mund an. Hatte sie das jetzt echt gesagt? Sie lächelte. Er versuchte zurückzulächeln, aber sein Gesicht gehorchte ihm nicht.

„Als ich gerade das Video gesehen habe, dachte ich mir so, ob du mir nicht erst mal Nachhilfe im Vögeln geben könntest. Ich bin jetzt echt richtig geil auf dich."

Alles drehte sich und Jan verlor das Bewusstsein. Minuten später wachte er auf. Es drehte sich noch immer alles um ihn. Er wusste zunächst nicht was passiert war und wo er war. Dann erkannte er sein Zimmer. So langsam kam die Erinnerung. Und er merkte…. Irgendwie kam ihm noch mehr. Er blickte an sich herunter und sah, dass Christiane Mund zu Mund-Beatmung mit seinem Schwanz versuchte. Seine Augen wurden immer größer und in diesem Moment sah sie ihn an. Es sah so mega geil aus, wie sein Schwanz in ihrem Mund steckte.

Sie ließ ihn aus ihrem Mund flutschen und sagte „Ich hatte Angst, dass du ohnmächtig bleibst. Ich hatte gehofft, so wirst du schnell wieder wach. Zumindest dein Schwanz wurde ganz schnell steif als ich ihn rausgeholt habe. Du schmeckst sehr gut."

Sie widmete sich wieder seinem Schwanz und blies ihn weiter. Er konnte nur stöhnen und Sekunden später spritzte er. Ein wenig tropfte an ihrem Mund herunter, alles andere nahm sie aber tapfer auf und schluckte es hinunter. Jan lag keuchend und stöhnend da.

Sie legte sich neben ihn und kuschelte sich in seinen Arm. „Geht es dir besser?" fragte sie. Er stammelte „noch, äh noch nie bes…besser". Sie gab ihm einen Kuss.

„Wie viele Mädchen hast du so schon rumbekommen"
fragte sie. Er schluckte. Was sollte er antworten. Er
entschied sich für die Wahrheit. „Das war das erste Mal,
dass mir einer geblasen wurde. Und überhaupt hatte ich
noch nie, noch nie…. Sex."

Sie sah ihn ungläubig an. „Du hattest noch nie Sex?"
Ihre Stimme überschlug sich fast. „Heißt das, dass du
Jungfrau bist?" Sie grinste verschmitzt. Er nickte.
„Also kann ich dir was zeigen. Geil. Ich dachte du wärst
mega erfahren". „Nein" war seine karge Antwort.

Sie blickte ihn an. „Möchtest du mich ausziehen?" Er
schaute sie an „Dein Ernst?" fragte er. „Ja klar". Mit
zitternden Händen schob er ihr den Pullover über den
Kopf und die Arme. Unter dem Pullover kam ein BH zum
Vorschein, in dem zwei wunderschöne feste Brüste
steckten. Er blickte sie lange an. Christiane lächelte und
sagte „mach weiter".

Er versuchte mit zitternden Händen ihren BH zu öffnen,
scheiterte aber an diesen Haken. Er kannte sich halt
nicht damit aus. Sie grinste und half ihm. Als der BH von
ihren Schultern rutsche gingen ihm die Augen über. So
wunderschöne Brüste hatte er noch nie gesehen.

Sie waren einfach perfekt. Sie nahm seine Hand und
führte sie an ihre Brüste. „Fass ruhig an" forderte sie ihn
auf. Es war eines der schönsten Gefühle, die er je erlebt
hatte. Dann führte sie seine Hände zu ihrer Jeans „Die
muss auch aus".

Er knöpfte die Hose auf und zog den Reisverschluss
vorsichtig nach unten. Als die Hose runterrutschte kam
ein weißer Tanga zum Vorschein. Sie schlüpfte aus der
Hose und drehte sich. Es war ein String. Er konnte ihre
wunderschönen Pobacken sehen und sein Schwanz
begann noch steifer zu werden.

Vorsichtig näherten sich seine Finger ihrem
Unterhöschen und er schaute sie an. Sie nickte.
Langsam schob er ihr das Stückchen Stoff herunter.

Ihre blankrasierte Pussy kam zum Vorschein. Er sah den Schlitz und konnte sich kaum noch bewegen.

Sie setzte sich auf den Boden, dabei spreizte sie die Beine leicht, als sie sich die Söckchen auszog. Er konnte ihr genau zwischen die Beine sehen. Während sie sich bewegte, um die Söckchen auszuziehen, öffnete sich ihr Fötzchen leicht und er konnte alles sehen. Wirklich alles.

Sie stand wieder auf und sagte „Jetzt bist du dran." Sie trat auf ihn zu und öffnete sein Hemd. Knopf für Knopf und streifte es über seine Arme. Das T-Shirt zog sie ihm über den Kopf und streichelte seine Brust. Sie küsste seine Schultern und seine Brust. Dann glitten ihre Hände nach unten und öffneten den Knopf seiner Hose. Sein Schwanz lugte noch immer hart hervor.

Die Hose glitt zu Boden und seine Unterhose folgte. Dann bückte sie sich und zog ihm die Socken aus. Als sie wieder hochsah, war ihr Mund direkt wieder vor seinem „Freund". Sie grinste und nahm ihn wieder in den Mund. Er stöhnte laut auf. Sie leckte kurz und richtete sich dann wieder auf.

„Ich möchte jetzt geleckt werden" sagte sie, nahm ihn an der Hand und legte sich aufs Bett. Sie öffnete ihre Beine und drückte ihn sanft mit dem Kopf zwischen ihre Beine. Er atmete den betörenden Duft ihrer wunderschönen Muschi ein und in seinem Hirn begann es zu rotieren.

Er war zwar unerfahren, aber er hatte oft in Pornos gesehen, wie man leckt. Seine Zunge berührte vorsichtig ihr Fötzchen und sanft strich seine Zunge durch ihre Spalte. Er schmeckte zum ersten Mal in seinem Leben, wie geil eine Pussy schmeckte.

Wie himmlisch berauschend dieser Geschmack ist. Und er wusste sofort, DAS wollte er öfter machen.

Seine Zunge drang nun tiefer in die Spalte ein und fand das enge Fickloch. Sanft umspielte er es und leckte genüsslich hindurch.

„Vorsichtig" sagte sie. „Ich habe auch noch nie richtig gefickt. Auch ich bin noch Jungfrau, aber ich will, dass du mich entjungferst". Er blickte kurz auf, sah ihr in die Augen und wusste, dass sie die Wahrheit sagte.

Er leckte nun bis hoch zum Kitzler. Sie stöhnte auf. Er hatte mal gesehen, dass man den Kitzler fast blasen und dass er hart werden kann wie ein Schwanz. Er kümmerte sich ausgiebig um ihren kleinen Knopf und sie stöhnte und zuckte. Im nächsten Moment bäumte sie sich auf und kam mit einem lauten Seufzer. Er merkte, wie sie regelrecht auslief. Genüsslich leckte er alles auf.

„Fick mich, bitte fick mich" bettelte sie. Er richtete sich auf, sah dass sie weiter auslief und setzte seinen harten Schwanz an ihrem Fickloch an. Langsam drang er ein Stück in sie. Sie war so eng, er kam nur ein kleines Stück in sie. Dann war da das Jungfernhäutchen und lies ihn nicht durch. „Fick mich richtig, bitttteeeee" stöhnte sie.

Er stieß hart und schnell zu. Er sah, wie sie kurz schmerzverzehrt das Gesicht verkniff, aber dann sich ein Lächeln auf ihrem Gesicht zeigte. Er fickte sie zunächst mit langsamen kurzen Stößen. Aber je geiler er wurde umso schneller und tiefer drang er in sie ein.

Sie stöhnte immer lauter und er glaubte, dass sie schon mehrfach gekommen war. Genau wusste er es aber nicht und gerade jetzt war es ihm auch egal.

Er stieß immer heftiger, bis er sich plötzlich aufbäumte und stöhnend in ihr entlud. Er spritzte so heftig wie noch nie in seinem Leben.

Als er wieder zu sich kam, war sein erster Gedanke: „Scheiße, wenn sie jetzt schwanger wird. Wir haben kein Kondom benutzt." Sie sah seinen unruhigen Blick. „Mach dir keine Sorgen, ich nehme schon seit drei Jahren die Pille. Meine Mutter meinte, irgendwann wird es geschehen und sie wollte, dass ich vorbereitet bin."

Er atmete erleichtert auf. Sie schmiegte sich an ihn und flüsterte „Es war mega schön mit dir. Ich hatte nur einmal ganz kurz einen stechenden Schmerz aber danach nur noch Orgasmen. Ich weiß nicht wie viele, aber es waren mindestens vier." Er lächelte zurück. Auch er hatte heute ja schon drei gehabt.

„Dann bist du mir mindestens einen im Vorsprung" und grinste.

„Dann werde ich mal nachher dafür sorgen, dass wir Gleichstand haben. Es war so schön als du mir in den Mund gespritzt hast. Einfach geil. Nachher will ich aber zusehen, wir Du kommst. Spritzt du mir ins Gesicht?! Bitte!!"

Er nickte und freute sich schon sehr auf später.

HAWAII

Kapitel 1

Warm schien die Sonne auf Janas flachen Bauch und sie fühlte sich wohlig und angenehm. Kein Wunder, sie lag am Strand auf Hawaii in ihrem Liegestuhl, hatte einen leckeren kühlen Cocktail neben sich auf dem Tischchen stehen und genoss die Ruhe.

Sie war gestern Morgen mit ihren Eltern zusammen hier angekommen. Vierzehn Tage würde sie das Luxusleben hier genießen dürfen.

Ihre Eltern waren gerade kurz ins Hotel gegangen, um für morgen einen Ausflug zu buchen. Jana genoss die kühle Brise, die vom Meer über ihren perfekten Körper glitt. Sie merkte, wie der Wind ihre Nippel hart werden ließ und auch zwischen ihren Beinen kribbelte es.

Sie musste unwillkürlich an den Mann denken, der sie gestern am Buffet „versehentlich" angerempelt hatte. Er hatte sie so süß angelächelt und sich ausgiebig entschuldigt.

Christian hieß er, war um Einiges älter und nicht der Schlankeste, aber er war mega sympathisch und sie mochte seine Ausstrahlung. Irgendwie fand sie ihn süß und ja, auch sexuell anziehend. Bei dem Gedanken merkte sie wie es mehr und mehr in ihrem Höschen kribbelte und sie feucht wurde. Das war ein sehr angenehmes Gefühl.

Ihre Eltern kamen zurück und setzten sich neben sie. „Jana, du weißt ja, dass wir gerne zu den Manawaiopuna-Wasserfällen wollten. Da wurde unter Anderem Jurassic Park gedreht. Wir haben aber ein Problem. Es sind nur noch zwei Plätze im Jeep frei. Möchtest du gerne zusammen mit Papa fahren, oder lieber mit mir?" fragte ihre Mutter.

„Warum fahrt ihr nicht zusammen und ich bleibe einfach hier?" entgegnete Jana. „Du willst mit deinen 18 Jahren alleine hierbleiben? Was willst du denn die ganze Zeit machen? Wir wären ja von 6 Uhr morgens an weg und nicht vor 22 Uhr zurück." sagte ihr Vater. „Ich würde auf jeden Fall lange ausschlafen und mir dann einen langen Tag am Strand und am Pool gönnen. Ihr könnt echt gerne zusammenfahren. Macht nur schöne Bilder und Videos."

Ihre Eltern schauten sich skeptisch an, dann schauten sie Jana an. „Bist du dir sicher?" meinte ihr Vater. „Na klar. So könnt ihr auch mal was ohne eure nervige Tochter machen" sagte sie grinsend. Ihre Eltern lachten. „Na gut. Aber benimm dich!" sagte ihre Mutter.

Jana dachte sich „Wenn du wüsstest Mama..."

„Mädels, wie sieht es aus? Ich habe Hunger, wollen wir nicht zum Abendessen gehen?" fragte ihr Vater. Jana und ihre Mutter stimmten zu und sie gingen zusammen ins Hotel, um sich umzuziehen und fürs Abendessen schick zu machen.

Sie fuhren mit dem Aufzug in die 7 Etage, wo die Familienzimmer waren. In der 11 Etage, hatte der Rezeptionist beim Einchecken erwähnt, waren die Suiten.

Kapitel 2

Als Jana im Bad war, schloss sie die Tür ab. Sie zog das
Bikinioberteil aus. Ihre wunderschönen Brüste freuten
sich über so viel Freiheit und wippten leicht. Die Nippel
waren noch immer (oder schon wieder?) hart und
standen steil ab. Sie betrachtete ihre Titten im Spiegel
und wünschte sich, jemand würde jetzt an den Nippeln
saugen. Sie merkte, wie sich eine angenehme Wärme in
ihrer Muschi ausbreitete. Sie wurde schon wieder feucht.

Sie streichelte kurz über ihre Brüste und spürte das geile
Kribbeln, wenn die Nippel berührt wurden. Dann zog sie
das Bikinihöschen aus. Das Licht der Deckenlampe
spiegelte sich in dem dünnen, feuchten Klecks, der in
ihrem Höschen klebte.

Sie nahm auch den extrem geilen Geruch war, der langsam aufstieg. Ein dünner Faden ihres Mösensaftes rann ihr am linken Oberschenkel langsam herab.

Sie betrachtete ihren schlanken, wohlgeformten Körper. Ihr Fötzchen war blankrasiert und sah wunderschön aus. Mit einem Finger glitt sie sanft durch ihre Spalte und zuckte zusammen als sie den kleinen Knopf am oberen Ende berührte. Ein Zittern ging durch ihren Körper. Sie mochte dieses Gefühl. Ihr Finger glänzte von ihrer Feuchtigkeit zwischen ihren Beinen und sie betrachtete ihn fasziniert.

Sie hatte oft gelesen, dass viele Männer es lieben, ihre Finger abzulecken, nachdem sie diese im Paradies einer Frau stecken hatten. Sie hatte sich bisher nie getraut es mal selbst zu probieren. Gerade jetzt war sie aber so aufgeregt und geil, dass sie wie selbstverständlich ihren Finger in den Mund steckte und den glänzenden Film ablecken musste. Es schmeckte sehr gut und irgendwie nach geilem Sex.

Sie hatte zwar noch nie mit einem Jungen geschlafen, aber sie stellte sich vor, dass Sex so schmecken musste. Von diesem Geschmack wurde sie nur noch feuchter. Ihr Kitzler lechzte nach Berührungen.

Langsam ließ sie ihre Hand zwischen ihre perfekt geformten Schenkel gleiten. Ihre Finger glitten zwischen ihre pulsierenden Schamlippen und fanden den Eingang zu ihrem Paradies. Ihre Finger spielten mit dem kleinen, engen Loch, Umkreisten es, drangen ganz leicht ein und spielten mit dem Mösensaft der warm aus ihr herausfloss.

Ihre Finger wanderten langsam nach oben und fanden ihren Kitzler, der sich hart und steif nach oben aus den Schamlippen drückte. Sie rieb und drückte ihn und leises, unterdrücktes Stöhnen entfuhr ihrer Kehle. Sie genoss es, wenn sie masturbierte.

Aber sie wünschte sich, dass diese Hände nicht ihre Hände wären. Sie wünschte sich auch einen harten Schwanz in ihrem Fickloch, hatte aber etwas Angst vor dem Ersten mal.

Sie rieb immer schneller und mit einem kleinen spitzen Schrei kam sie heftig und zitterte am ganzen Körper. Da klopfte es an der Tür, „JANA" rief ihre Mutter. „Wie lange brauchst du noch. Wir wollen los!" Sie antwortete mit erstickender Stimme „Ich…. ich komme gleich" und schon schüttelte sie der nächste Orgasmus.

Glückshormone durchfluteten ihr Hirn und sie musste sich setzen, um nicht hinzufallen. Langsam beruhigte sich ihr Körper. Ihre Hand glitt durch ihre sehr nasse Spalte und sie steckte sich die Finger erneut in den Mund, um diesen geilen Geschmack nochmal zu kosten.

„Bin sofort bei euch" sagte sie mit wieder festerer Stimme, zog sich schnell an und richtete ihre Haare. Sie schwitzte leicht und wusch sich schnell Hände und Gesicht um nicht zu errötet aus dem Bad zu kommen.

Sie zog die Toilettenspülung ab, um sich ein Alibi zu verschaffen, warum sie so lange im Bad gewesen war. Nächstes Mal würde sie die Dusche anmachen. Dann müsste sie sich auch nicht ganz so sehr zurückhalten beim Stöhnen.

Kapitel 3

Im Restaurant angekommen, setzte Jana sich an einen Tisch nah am Buffet. „Lass uns lieber weiter nach hinten gehen Schatz. So nah am Buffet sind immer so viel Leute, dass find ich unangenehm." Jana entgegnete, „Ich habe aber so einen Hunger und hier ist gerade ein Tisch frei. Da hinten sitzt außerdem so ein Typ, der glotzt mich seit gestern so an, als wenn er mich gleich vergewaltigen wollte."

Widerwillig setzten die Eltern sich zu ihr. Ihr Vater bestellte beim Kellner für sich ein Bier, für seine Frau einen trockenen Weißwein und für Jana eine Cola. Sie hätte nur zu gerne auch Wein oder Sekt getrunken, aber ihre Eltern wollten nicht, dass sie Alkohol trinkt. Klar war sie 18, aber ihre Eltern standen auf dem Standpunkt: solange du deine Füße unter unseren Tisch stellst…. Bla bla bla. Als wenn ihre Eltern nie jung gewesen wären.

Sie ging mit ihrer Mutter ans Buffet. Heute war amerikanischer Abend. Es gab Spareribs, Hamburger, Deep Dish Pizza, Würstchen, Salate usw. Jana entschied sich für Pizza und Salat mit Cesars Dressing und wollte zurück zu ihrem Platz. Da sah sie Christian in den Saal kommen. Er schien echt allein hier zu sein. So ein stattlicher Mann, alleine im Urlaub kam ihr komisch vor. Er sah sie und lächelte sie an. Sie lächelte zurück und folgte ihrer Mutter.

Christian setzte sich an einen Tisch in ihrer Nähe, so dass er Jana sehen konnte, aber ihre Eltern ihm den Rücken zuwendeten. Jana registrierte dies mit einem Schmunzeln. War das Absicht, dass er sich so setzte?

Sie hoffte es. Wenn er sie auch nur ansatzweise so anziehend fand wie sie ihn, dann wäre das klasse. Immer wieder sah sie verstohlen zu ihm, wenn ihre Eltern sie nicht beobachteten. Die unterhielten sich sowieso fast nur über den Ausflug morgen und was sie alles sehen werden.

Jana sah, dass Christian sie die ganze Zeit beobachtete. Er verschlang sie quasi mit seinen Blicken. Seine Augen waren so wunderschön blau und sein Blick war einfach erregend. Sie merkte, wie sie schon wieder feucht wurde. Sie versuchte sich auf das Essen zu konzentrieren und nicht zu oft zu ihm zu schauen. Es gelang ihr aber nur mäßig.

„Ich gehe mir noch was vom Nachtisch holen" sagte Jana und stand auf. „Da hinten", ihr Vater deutete auf eine Ecke im Saal „soll es heute flambierte Ananas mit Eis und kandierten Walnüssen geben. Falls du probieren willst." „Oh, das hört sich gut an." Sie ging langsam in diese Richtung. Diese Theke konnte sie nicht sehen, da eine Säule den Blick vom Tisch aus versperrte. Als sie ein paar Schritte gegangen war, entdeckte sie diese aber.

Sie stellte sich an die kleine Schlange an. Es duftete herrlich nach Ananas, Kokos und gerösteten Nüssen. Auch die Teller der Leute, die schon etwas bekommen hatten, sahen gut aus. Sie wartete also geduldig, bis sie an der Reihe sein würde.

Plötzlich spürte sie ein Kribbeln im Nacken. Das Kribbeln glitt ihr bis in die Haarspitzen hinauf. Was war das? Sie schaute nach oben, sah aber nichts. Sie drehte sich um und da stand Christian hinter ihr. Sie zuckte leicht zusammen.

„Hallo", sagte er und lächelte sie an. „Diese Augen", dachte sie. Sie lächelte zurück. „Hallo", entgegnete sie. „Wie geht es ihnen?", fragte sie. „Oh man, sag bitte Du zu mir. Sonst fühle ich mich ja noch viel älter als ich eh schon bin" entgegnete er. „Aber danke der Nachfrage, gut. Ich bin ja noch 10 Tage hier. Aber jetzt gerade sogar sehr sehr gut", er grinste.

Jana merkte, dass sie rot wurde. Sie schenkte ihm ihr süßestes Lächeln und tippelte leicht von einem auf den anderen Fuß. Sie wurde sehr nervös.

„Jana" sagte Christian und zeigte nach vorne. „Was?" fragte sie verwirrt. „Der Kellner fragt dich, ob du auch was haben möchtest" erwiderte er und zeigte wieder nach vorne, wo der Kellner mit einem Teller in der Hand stand.

„Oh", entrann es ihr und sie drehte sich um. Wie peinlich dachte sie, nahm den Teller in Empfang und ließ sich eine kleine Portion Ananas mit Eis geben. Als sie sich wieder umdrehte stolperte sie über ein Kabel, das auf dem Boden lag und ließ ihren Teller fallen. Christian fing den Teller und auch Jana auf. „Hoppla, nicht so stürmisch Schönste" sagte er, half ihr auf und reichte ihr wieder ihren Teller. Dabei streifte seine Hand ihren Unterarm. Es fühlte sich an, als wenn 1.000 Nadelstiche sie treffen würden. „Danke" war alles, was sie sagen konnte. Sie nahm ihren Teller und ging mit wackeligen Beinen zum Tisch zurück.

Sie setzte sich und sah, dass auch Christian wieder an seinem Tisch angekommen war. Er setzte sich und lächelte sie wieder an. Sie genoss seine Blicke.

„Es scheint ja superlecker zu sein" sagte ihr Vater. Jana schreckte auf und sah ihn an. „Hmm?" fragte sie. „Na es scheint echt lecker zu sein, wenn ich mir deinen verträumten Blick ansehe? Bist du gerade in Gedanken auf Hawaii bei dem Geschmack?" lachte ihr Vater. „Boar Papa, wir SIND auf Hawaii" entgegnete sie. „Aber die Ananas ist echt mega lecker. Müsst ihr euch auch holen." Dies ließen sich ihre Eltern nicht zweimal sagen. Sie standen auf und gingen zum Ananas-Buffet.

Auch Christian stand kurz danach auf und ging am Tisch von Jana vorbei. „Schönen Abend noch und bis morgen vielleicht du süßes Model" raunte er leise im Vorbeigehen. „Ganz bestimmt bis morgen. Und ich bin morgen fast den ganzen Tag alleine" entgegnete sie. Sie sah, wie er kurz stockte, dann aber doch weiterging.

Am Ausgang zum Speisesaal sah er nochmal zu ihr zurück und beide lächelten sich zu. Sie winkte verstohlen und er warf ihr einen Handkuss zu.

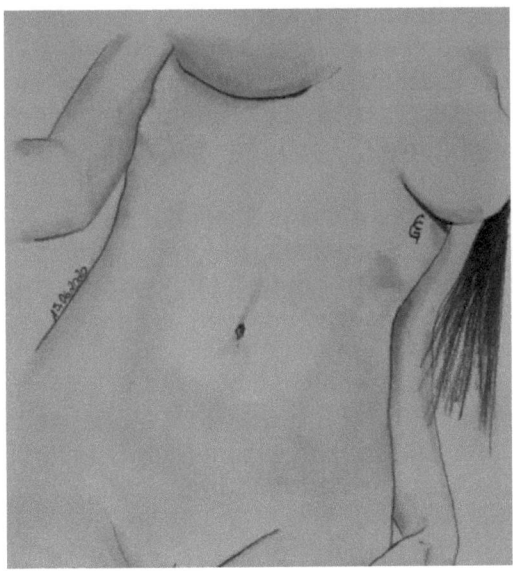

Kapitel 4

Als sie an diesem Abend im Bett lag, konnte sie nicht einschlafen. Sie musste an morgen denken. Sie war den ganzen Tag alleine, ob Christian sich um sie „kümmern" würde? Sie hoffe es sehr und sie merkte, wie sie dieser Gedanke wieder geil machte. Nein, sie würde sich jetzt nicht befriedigen. Heute nicht.

Sie nahm sich das Buch, dass Sie bereits in Deutschland angefangen hatte zu lesen. Es hieß „Sehnsucht bei Nacht" und handelte von einer Liebe zwischen zwei gesellschaftlich unterschiedlichen Charakteren. Weit war Sie noch nicht gekommen, aber heute würde Sie so schnell nicht einschlafen können. Sie vertiefte sich in die Geschichte.

Es waren schon zwei Stunden vergangen, seit sie sich in ihrem Zimmer und die Eltern im Nachbarzimmer schlafen gelegt hatten. Es war ein Familienzimmer und Jana hatte ein kleines eigenes Schlafzimmer. Plötzlich hörte sie aber leise Geräusche aus dem Zimmer ihrer Eltern. Es hörte sich so an als wenn.... ja, tatsächlich, als wenn ihre Eltern...... miteinander ficken würden.

Jana stand vorsichtig auf und schlich leise zur Tür. Sie schaute durch das Schlüsselloch ihrer Zimmertür. Im Schlafzimmer der Eltern brannte ein Nachttisch-Licht. Jana sah, dass ihre Mutter verkehrt auf ihrem Vater lag.

Sie konnte erkennen, wie sie ihrem Mann einen blies, während er sie vermutlich leckte. Ihre Mutter ließ immer mal wieder den Schwanz aus dem Mund gleiten und stöhnte leise. Auch ihr Vater stöhnte wohlig.

Jana konnte nicht viel erkennen, aber sie sah deutlich den Schwanz ihres Vaters immer wieder komplett im Mund ihrer Mutter verschwinden. „Wow, Mum kann Deapthroat", dachte Jana voller Bewunderung. „Ich will das später auch können."

Dann wechselte ihre Mutter die Position und Jana sah, wie sie sich auf den Schwanz setzte und dieser in der Muschi ihrer Mutter verschwand. Janas Mutter ritt ihren Mann.

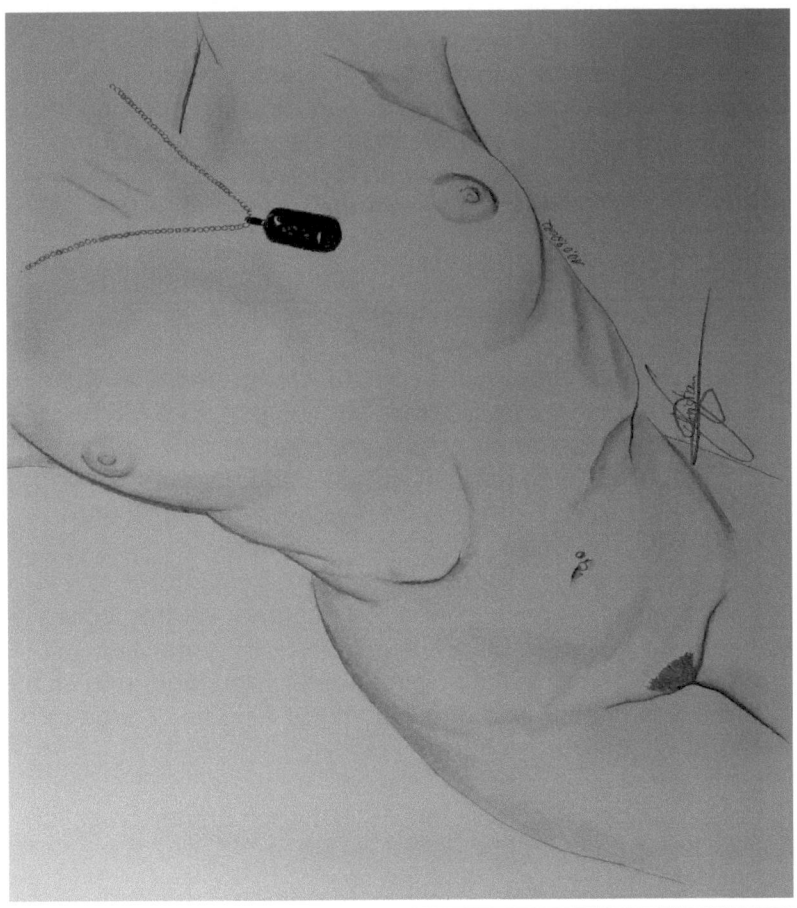

Nach wenigen Minuten richtete ihre Mutter sich auf, ließ den Schwanz aus sich gleiten und Jana sah mit großen Augen wie sich ihre Mutter den steifen Schwanz ihres Vaters an ihr Hintertürchen ansetzte und sich langsam wieder herabsinken ließ. Nun steckte ihr Vater komplett im Arsch ihrer Mutter. Ihr Vater stöhnte etwas zu laut und sie hörte ihre Mutter keuchen „Sei leise, nicht das Jana was mitbekommt".

Ihre Mutter ritt nun ihren Vater immer schneller. Immer wieder bäumte sie sich auf und Jana erkannte, dass ihre Mutter wieder und wieder kam. Sie ritt sich selbst von einem Orgasmus zum Nächsten. Das Stöhnen ihres Vaters wurde immer schneller und plötzlich sprang ihre Mutter von ihrem Vater herunter, hockte sich vor ihren Mann und bließ wieder seinen Schwanz. Jana hörte, wie ihr Vater grunzte und sah, wie ihrer Mutter dünne Spermafäden an den Mundwinkeln herausliefen. Sie konnte sehen, wie ihre Mutter schluckte und den Schwanz aus dem Mund gleiten ließ.

Der Schwanz zuckte und spritzte wieder und ihre Mutter klatschte das warme Sperma ins Gesicht. Ihre Mutter lächelte und leckte den Schwanz ihres Mannes sauber. Dann fuhr sie sich mit den Fingern über ihr Gesicht und strich sich all das Sperma im Gesicht zum Mund und leckte die Finger ab.

„Jetzt musst du mich aber auch nochmal sauber lecken" sagte sie zu ihrem Mann. Sie sah wie ihr Vater sich mit dem Kopf zwischen die Beine seiner Frau legte und sich um beide Löcher und den Kitzler mit Fingern, Zunge und Mund kümmerte.

Jana war perplex, dass ihre Eltern noch immer so geilen Sex hatten. Das hätte sie nie gedacht.

Sie war vom Zusehen so geil geworden, dass sie erst jetzt bemerkte, dass Ihre Finger in ihrem Höschen steckten und sie sich fingerte.

Sie warf sich aufs Bett und kurze Zeit später kam auch sie keuchend. Gleich darauf schlief sie befriedigt ein.

Kapitel 5

Jana erwachte. Es war dunkel in ihrem Zimmer und sie musste sich erst einmal orientieren. Sie schaute auf die Uhr. Es war bereits 09:35 Uhr.

Sie sprang aus dem Bett und lief ins Zimmer ihrer Eltern. Das Bett war leer und auf dem Bett lag ein Zettel:

„Wir sind los zum Ausflug.
Wir müssten gegen 22:00 Uhr wieder zurück sein.
Hab einen schönen Tag und mach keinen Unsinn.
Wir haben dich ganz doll lieb.
Bis später
Mama".

Wenn sie noch Frühstücken wollte, musste sie sich jetzt aber beeilen. Es gab nur bis 10 Uhr Frühstück. Sie sprang schnell unter die Dusche, zog sich rasch an und verließ das Zimmer.

Am Aufzug in der Lobby sah sie Christian, der in einer Sitzecke vor dem Aufzug zu lesen schien. Er blickte auf und sah sie.

„Na du Schlafmütze? Deine Eltern sind seit kurz vor 6 weg. Du hast aber lange geschlafen" sagte er. „Warten Sie…. äh, wartest DU schon seit meine Eltern weg sind hier?"

„Nein, ich war schon länger unten und hab dich gesucht. Und dann habe ich mir gedacht, dass du wahrscheinlich einfach ausschlafen wolltest."

„Ich will schnell zum Frühstück, bevor die zumachen. Ich habe echt ´nen Bärenhunger" sagte Jana.

„Keine Eile. Ich hatte schon befürchtet, dass du nicht mehr rechtzeitig wach wirst. Wenn du keine Angst hast.... ich habe mir ein Frühstück für Zwei aufs Zimmer liefern lassen. Wenn du möchtest, können wir gemütlich zusammen essen."

Sie blickte ihn erst skeptisch, dann wissend an. „Hast du das etwa geplant?" fragte sie. Er schmunzelte. „Was heißt geplant, also ich direkt. Aber ich wollte darauf vorbereitet sein, falls du verschläfst und Hunger haben solltest."

Sie schaute ihn noch zwei Minuten lang an und überlegte, ob sie das wirklich tun sollte. Dann beschloss sie, dass er ihr schon nichts Böses tun würde und trat auf ihn zu. „Also los. Ich habe einen Bären-Hunger."

„Warte", er stellte sich vor sie. „Ich will, dass du weißt, dass ich nichts versuchen werde. Du brauchst also ehrlich keine Angst zu haben."

„Warte mal ab, was ICH vielleicht alles versuchen werde. Vielleicht solltest DU Angst haben" grinste sie.

Er lachte. Sie gingen auf sein Zimmer. Es lag im obersten, dem 11.Stock des Hotels. Es musste also eine Suite sein.

Kapitel 6

Sie betraten sein Zimmer. Es war eigentlich identisch mit dem Zimmer ihrer Eltern, nur hatte er halt ein Wohnzimmer, ein Schlafzimmer und sein Balkon war viel größer. Der Balkon war uneinsehbar von anderen und es stand ein reich gedeckter Tisch mit allen möglichen Leckereien dort.

„Das sieht ja fast besser aus als am Buffet", sagte Jana. Christian schmunzelte, „Das stimmt, mir gefällt das was ich sehe auch besser als das Buffet!" Zunächst verstand sie nicht vorauf er anspielte, aber dann wurde ihr klar, dass er sie meinte. Sie wurde rot.

„Oh wie süß, Jana wird rot" lachte er. „Ich werde schnell rot vor Verlegenheit, aber wie schnell wirst Du rot, z.B. wenn Du Dich anstrengen musst?" fragte sie keck zurück. Christian musste hörbar ausatmen.

Sie aßen gemütlich zusammen und unterhielten sich über dies und das. Die Sonne schien und es wurde immer heißer. „Soll ich den Sonnenschirm aufstellen? Du sitzt ja mitten in der Sonne" fragte Christian. „Nein danke, ich will ja weiter braun werden." entgegnete sie und zog sich das T-Shirt über den Kopf. Darunter trug sie ihr Bikinioberteil, ein sehr knappes Bikinioberteil wohlgemerkt. „Oha, die Aussicht hier ist echt schön" sagte Christian und sah ihr direkt in die Augen. Sie wurde wieder rot und wollte zur Ablenkung einen Schluck Wasser trinken. Sie zitterte aber leicht und dabei verschüttete Sie ein wenig Wasser beim Trinken. Es ran ihr vom Kinn den Hals hinunter und verschwand zwischen ihren Brüsten. Christian musste hörbar Schlucken.

„Uppsy" sagte sie und strich sich mit der Hand über Kinn, Hals und ihre Brüste, um das Wasser wegzuwischen. Dabei verschob sich der eh schon sehr schmale Stoff und der linke Nippel war kurz zu sehen. Hart zeichneten sich die Beiden eh schon unter dem Stoff ab. Sie zupfte schnell alles wieder zurecht. Christian grinste, wie sie aus dem Augenwinkel sah.

„Du solltest den Bikini besser nicht im Pool anhaben" bemerkte er. „Wenn er nass wird, ist er nicht mehr blickdicht und außerdem ist er ja auch so schon sehr knapp, also zumindest das Oberteil".

Sie sah an sich herunter und bemerkte, dass man überall dort, wo das Wasser hin getropft war, durch den Stoff sehen konnte.

„Stört Dich das?" fragte sie kess. „Also mich nicht, ich sehe Dich sehr gerne an, aber ich denke, dass es Dir und Deinen Eltern nicht ganz so gut gefällt wie mir" antwortete er.

„Dann sollte ich den wohl besser nur noch tragen, wenn ich bei Dir bin" grinste sie. „DAS ist eine sehr gute Idee" entgegnete er. „Meinst Du, dass man bei meinem Höschen auch durch den Stoff sehen kann?" fragte Sie. „Woher soll ich das Wissen?" fragte er zurück.

Sie stand auf, öffnete den Knopf ihrer kurzen Shorts und ließ sie zu Boden gleiten. Zum Vorschein kam ein noch viel knapperes Höschen als das Oberteil vermuten ließ. Sie drehte sich kurz um, damit sie die Shorts und ihr Shirt auf einen Stuhl hinter ihr legen konnte. Er sah, dass es sich um einen String handelte. Ihre wunderschönen Pobacken leuchteten ihm entgegen.

Er musste wieder deutlich hörbar einatmen. Sie registrierte dies mit einem Lächeln.

„Gefällt Dir was Du siehst?" „Ich müsste Lügen, wenn ich was anderes behaupten würde" antwortete Christian. Sie nahm ihr Glas und ließ sich etwas Wasser über den Bauchnabel laufen. Langsam bahnte sich das Wasser einen Weg zwischen ihre Beine. Das Höschen wurde nass und zeigte deutlich, wo ihre Spalte anfing.

„Also damit kannst Du definitiv nicht an den Pool oder ins Meer, sonst gibt es reihenweise Herzinfarkte bei den Herren und einigen Frauen" merkte er mit einem geheimnisvollen Leuchten in den Augen.

„Echt? Kann man da so durchsehen?" fragte sie wieder. „Dann muss ich mich wohl umziehen, bevor ich an den Pool gehe" sagte Sie, griff ihre Tasche und holte einen anderen Bikini heraus. „Stört es Dich, wenn ich mich eben umziehe" fragte sie. „Nein, Du kannst gerne eben im Bad verschwinden" antwortete er. „Ach, dass mach ich eben schnell hier, dein Balkon kann ja von keinem anderen eingesehen werden", sprachs und schon war das Oberteil offen. Er genoss den Anblick ihrer wundervoll geformten und offenbar festen Brüste mit den harten Nippeln. Sie sahen wundervoll aus. „Uff" sagte er. Dann streifte Sie sich das Höschen ab und er sah ihren leicht vorgewölbten Venushügel und den süßen, rasierten Schlitz. Ihre Muschi sah von vorne perfekt aus.

Sie drehte sich etwas gespielt schüchtern um und bückte sich nach vorne, um ihr Bikinihöschen anzuziehen. Dabei bückte sie sich aber wesentlich tiefer als nötig, sodass er zwischen ihren perfekten Schenkeln den Eingang zu ihrem Paradies deutlich erkennen konnte.

Sie wusste genau welche Wirkung sie damit erzielen würde.

„STOP" rief er. Sie hielt inne, war erst mit einem Bein im Höschen. Er stand auf und stellte sich hinter sie, umgriff ihre Hüfte mit seinen Händen und beugte sich zu ihr „Willst Du das wirklich wieder anziehen? Ohne ist doch viel schöner" flüsterte er ihr ins Ohr. Dabei kam er ihrem Ohr sehr nah und sie spürte seinen schnellen Atem an ihrem Ohr und in ihrem Nacken kribbelte es. Vom Kribbeln in ihrem Fötzchen mal ganz zu schweigen.

„Hmmm, ok. Ich laufe zuhause, wenn meine Eltern nicht da sind, gerne nackt durch die Wohnung. Das Gefühl nackt zu sein, ist einfach sehr schön." hauchte sie zurück. „Und Du bist unfassbar schön! Ich würde Dich gerne ansehen und berühren dürfen" raunte er. Sie erschauerte. „Du darfst was Du willst, nur sei vorsichtig und tu mir nicht weh. Ich hab noch nie…." Sagte sie.

„Ich würde Dir nie absichtlich weh tun und würde und werde nie etwas tun, was Du nicht willst. Eine so wunderschöne junge Frau wie Dich nur ansehen zu dürfen ist schon mehr als ich mir wünschen dürfte." Sie drehte sich, nackt wie sie war, zu ihm um. „Zeig mir, was man alles Schönes machen kann!"

Er nahm ihre Hand und führte Sie ins Zimmer. Sie setzte sich auf sein Bett und er drückte sie sanft nach hinten, damit sie auf dem Rücken lag. Er legte sich neben Sie und streichelte sanft ihr wunderschönes Gesicht.

„Damit Du siehst, dass ich Dir niemals etwas Böses will, werde ich heute nicht mit Dir schlafen oder mich gar ausziehen. Ich werde nur Dich heute nach Strich und Faden verwöhnen". Er schaute ihr tief in die Augen.

„Und wenn Du dann in den nächsten Tagen noch immer mehr willst, dann können wir das gerne nachholen". Dabei strich er mit seiner linken Hand sanft von ihrem Gesicht zu ihren Schultern und ihrem Nacken. Sie stöhnte leicht auf.

„Und was, wenn ich heute aber schon mehr will?" fragte Sie. „Ich will endlich den harten Schwanz eines Mannes in mir spüren, blasen und zusehen, wenn Du abspritzt." „Lass uns sehen was alles geschieht, aber erst einmal möchte ich Dich verwöhnen" sagte Christian und strich dabei sanft an der äußeren Rundung ihrer linken Brust vorbei. Sie erschauerte.

Seine Hand liebkoste ihren Körper und ging auf Entdeckungsreise. Während die linke Hand sanft ihre rechte Brust umspielte und den Nippel umkreiste schloss sich sein Mund um den Nippel der linken Brust und knabberte und saugte daran. Sie bäumte sich leicht auf und stöhnte. Während er weiter saugte, wanderte seine Hand zu ihrem flachen Bauch und strich sanft mit den Fingerspitzen über die weiche Haut, umkreiste den Bauchnabel und berührte mehr zufällig auch kurz ihren Venushügel.

Während nun sein Mund auch langsam sich dem Bauchnabel näherte, glitt er langsam vom Bett und kniete sich zwischen ihre Beine. „Entspann Dich und genieß einfach" sagte er. Er zog sie sanft ein Stück weiter zur Bettkante und küsste die Innenseiten ihrer Oberschenkel. Ein ersticktes und kehliges „Ahhhh" entrann sich ihrer Kehle.

Er hatte ihr Paradies nun direkt vor Augen. Es glänzte vor Feuchtigkeit und er sah einen feinen Tropfen aus ihrem engen Fötzchen tropfen.

49

Vorsichtig leckte er ihn auf. Als er sie mit seiner Zunge dort unten berührte, zuckte sie zusammen. Es schmeckte fantastisch. Er leckte nun wieder und wieder zwischen der großen und der kleinen Schamlippe links und rechts und bei jeder Berührung bäumte Sie sich leicht auf, drängte sich aber sofort danach wieder seiner Zunge entgegen. Langsam arbeitete er sich von ihrem Fickloch hoch zu ihrem Kitzler.

Sanft umkreiste seine Zungenspitze den empfindlichen Knopf und küsste und knabberte an der Haut drum herum. Dann leckte er noch einmal ihr Fickloch und spielte mit der Zunge darin, bis er jeden Tropfen ausgeschleckt hatte. Sie stöhnte und zuckte bei jeder Berührung zusammen.

Nun wurde es Zeit, sich dem Kitzler richtig zu widmen. Er ließ seine Zunge nach oben gleiten und teilte ihre Spalte, um dem kleinen Lustknopf nun seine gesamte Aufmerksamkeit zu widmen. Er ließ seine Zunge auf dem kleinen Kerlchen kreisen, knabberte mit den Zähnen sanft daran und saugte an ihm. Jana keuchte und stöhnte immer heftiger und mit einem kleinen spitzen Schrei kam sie. Ihr ganzer Körper schüttelte sich, ihre Oberschenkel zitterten und ihr Fötzchen lief aus. Christian nahm sich sofort dem Fickloch an und schleckte so lange alles auf, bis sie erschöpft ruhig liegen blieb. Er küsste ihre Muschi nochmal sanft und legte sich dann wieder neben Sie.

Sie öffnete ihre Augen und sah in an. Sie sah sehr glücklich aus. Sie sahen sich an und keiner redete, sie sahen sich nur an. Dann küsste Sie ihn auf den Mund und sagte: „Wow, so heftig bin ich noch nie gekommen, wenn ich mich selbst befriedigt habe. Das war der Wahnsinn, ich wünschte, das Gefühl würde nie enden!

DANKE!" „Sag bitte nicht Danke, dass hört sich so an, als wenn ich was getan hätte, was mir unangenehm ist. Aber ganz im Gegenteil, ich wünschte ich könnte Dich auch für immer lecken. Du schmeckst fantastisch und Dich zu beobachten, wenn Du kommst, ist einfach göttlich."

Sie lagen noch ein paar Minuten schweigend nebeneinander. Jana hatte sich dabei in seinen Arm gekuschelt und er genoss ihren Körper neben seinem.

Dann löste er sich und glitt wieder langsam nach unten, zwischen ihre Beine. „Ich kann noch nicht" wollte Sie sagen, da spürte sie aber schon seine Zunge wieder an ihrer Spalte und es kam nur ein „Ich ka..... ich ka.... Ohhh... ahhhh" aus ihrem Mund. Diesmal ließ er seien Zungenspitze wie ein Schwanz soweit es ging in ihr enges Fickloch eintauchen. Seine Zunge drang dabei jedes Mal wenige Zentimeter in sie ein. Mit dem Zeigefinger der rechten Hand umspielte er ihren Anus und mit dem Zeigefinger der linken Hand rieb er ihren Kitzler. Je forscher seine Zunge in ihrem engen Fickloch war, um so forscher wurde auch sein Finger an ihrem Arschloch und der Finger am Kitzler rieb etwas fester. Sie bäumte sich auf und stöhnte laut.

Er leckte seinen Finger der rechten Hand ab und befeuchtete ihn, um dann sanft, aber bestimmt ein wenig in ihre Hinterpforte einzudringen. Sie kam mit einem lauten Schrei, den man wahrscheinlich noch drei Etagen tiefer auf dem Flur gehört hat.

Keuchend lag sie da und rang nach Atem. Er legte sich zu ihr, schleckte seine Finger ab und nahm sie in den Arm.

Sie weinte und er hatte Angst ihr weh getan zu haben. „Was ist los" fragte er ängstlich. Sie sah ihn an und sagte „Ich weine, weil ich so glücklich bin. Es ist einfach nur schön, was du machst." Er lächelte und küsste sie. Sie schmeckte ihren eigenen Muschinektar auf seinen Lippen und genoss den Geschmack.

„Ich mag den Geschmack meiner Muschi sehr, möchte aber jetzt wissen, wie Du schmeckst!" flüsterte sie und griff an seinen Hosenschlitz. Er legte seine Hand auf ihre Hand. „Willst Du das wirklich? Ich möchte nicht, dass Du Dich zu irgendwas genötigt fühlst. Ich bin schon glücklich, dass ich Dich nackt sehen und deinen Nektar kosten durfte. Ich hoffe ich darf ihn noch oft in diesem Urlaub kosten!"

„Ich fühle mich nicht genötigt, aber ich WILL jetzt Deinen Schwanz in meinem Mund und ich will, dass Du mir in den Mund spritzt. Ich will schmecken, wie Du schmeckst". Dabei suchte Sie den Zipper seiner Hose, sog ihn nach unten, öffnete den Knopf und zog seine Hose ein Stück tiefer. Sein Schwanz zeichnete sich deutlich durch den Stoff seiner Unterhose ab. Sie strich über die Beule und genoss es seine Reaktion zu sehen. Er stöhnte und schloss die Augen.

Sie war zwar noch unerfahren, hatte aber im Internet natürlich schon so einige Pornos sich angesehen. Am faszinierendsten fand Sie Videos an deren Ende der Mann der Frau in Mund und Gesicht spritzt, allein der Gedanke daran machte sie geil. Sie hatte auch einmal ein Video gesehen, wo ein Mann der Frau und später die Frau dem Mann in den Mund pinkelte. Das war natürlich total pervers und ekelhaft.... Aber auch erregend und ja, sie war sich sicher, dass sie es ausprobieren wollte... irgendwann.

Sie griff nun in seine Unterhose und schloss ihre Finger um seinen harten, steifen Schwanz. Er fühlte sich gut an in ihren Händen, sie merkte wie er leicht pulsierte. Sie wollte ihn nun unbedingt auch sehen und zog daran.

Christian schrie auf, so heftig zog sie an seinem Schwanz, der durch die Jeanshose, die noch halb darüber hing, abgeknickt wurde. Sie ließ los und sah ihn irritiert an. Er krümmte sich schmerzverzehrt und hielt sich seinen Schwanz. „Aua", sagte er. Sie wurde extrem rot und stammelte „Sorry, es tut mir leid. Ich war wohl zu unvorsichtig". „Alles gut", sagte er „aber in den nächsten Stunden wird mit ihm nichts passieren. Man tut das weh!"

Sie fing bitterlich an zu weinen und vergrub ihr Gesicht in ihren Händen. Er griff nach ihren Händen und zog sie herunter. Sein Blick traf, den ihren und er küsste ihre Tränen weg. „Mach Dir keinen Kopf, es ist nichts Schlimmes passiert. Mein Schwanz lebt noch, es tut nur etwas weh. Das geht aber auch wieder weg." Er küsste ihre Augen, ihre Wangen und ihre Stirn.

Sie schniefte noch ein Paar mal, doch sie weinte nicht mehr. Er nahm ihr Gesicht in seine Hände und streichelte ihre Wangen. „Alles gut mein Engelchen, alles gut!"

Sie schmiegte ihren Kopf an seine Brust, sie ließen sich beide wieder nach hinten fallen und so lag sie eng an ihn gekuschelt. Nach wenigen Minuten war sie eingeschlafen. Er hörte ihr leises Atmen und spürte ihren Herzschlag an seinem Körper. Wie schön sie war und wie gut es sich anfühlte sie im Arm zu halten. Er schloss ebenfalls die Augen und nach wenigen Minuten war auch er eingeschlafen.

Kapitel 7

Leider hatte Christian wohl offensichtlich vergessen, das *„Bitte nicht stören"*-Schild von außen an die Tür zu hängen. Es klopfte an der Tür und weil Jana und Christian fest schliefen, hörten sie es nicht. Das Zimmermädchen Aolani (der Name bedeutet „Himmlische Wolke") betrat daher die Suite, um hier Ordnung zu machen. Als sie Jana nackt an den noch immer angezogenen Christian geschmiegt schlafen sah, entführ ihr ein „Oiiiij" und sie schlug sich die Hände vor den Mund.

Von diesem Überraschungsausruf wurde Christian geweckt, der Aolani sofort erkannte. Sie putzte seit gut fünf Tagen schon seine Suite und war nicht nur eine wunderschöne zwanzigjährige Hawaiianerin, sondern auch ein sehr gründliches und zuvorkommendes Zimmermädchen. Aolani entschuldigte sich und deutete mit Händen an, dass sie später wiederkommen würde. Sie deutete auf Jana und hob den Zeigefinger an die Lippen, um zu verdeutlichen, dass Sie Jana nicht wecken wolle.

Christian sah aber, wie Aolani Jana ansah und sah auch das Glitzern in ihren Augen. Offenbar gefiel ihr Jana auch sehr gut. Er deutete daher Aolani an, dass Sie ruhig schonmal das Frühstück abräumen könne. Aolani ging Richtung Balkon und schielte beim Vorbeigehen an Jana heimlich zwischen Janas Beine und leckte sich unbewusst über die Lippen. Das blieb Christian nicht verborgen. Aolani war offenbar entweder lesbisch oder bi. „Das kann ja sehr interessant werden", dachte Christian und grinste.

Während Aolani sich um das Frühstück kümmerte, weckte Christian Jana ganz sanft. Er küsste sie auf die Stirn und flüsterte ihr ins Ohr, dass Sie aufwachen müsse. Sie räkelte und streckte sich. „Was ist passiert?" fragte sie, sah dann Christian und wusste wieder, wo sie war. Sie lächelte ihn an und fragte „Geht es wieder?" Er lächelte zurück und küsste sie. „Ja, alles gut. Sag mal, stehst Du eigentlich nur auf Männer oder magst Du auch Frauen?" fragte er.

Sie schaute ihn verdutzt an und wusste zunächst nicht genau, was sie sagen sollte. Was wollte er hören? Sie sah ihm tief in die Augen. „Naja, wenn Du mich so offen fragst, ich würde irgendwann auch gerne mal mit einer Frau schlafen. Den Gedanken finde ich schon sehr verführerisch. Ich hoffe Du bist jetzt nicht enttäuscht?"

„Nein, definitiv nicht. Und Aolani sicher auch nicht", sagte Christian. „Aolani? Wer ist das?" fragte Jana. Christian deutete mit seiner Hand hinter sie, in Richtung Balkon. Jana drehte sich um und sah das Zimmermädchen beim Aufräumen des Balkons. Tatsächlich sah sie gerade, wie Aolani ihren Bikinislip vom Boden aufhob und auf den Stuhl legen wollte.... Vorher drehte sie sich aber vom Fenster weg und man sah, dass sie heimlich den Slip an ihre Nase hielt und tief einatmete.

Jana wurde ganz anders, ihr gesamter Unterleib kribbelte und sie merkte, wie ihre Muschi feucht wurde. Aolani hatte nun alles auf dem Geschirrwagen verstaut, den der Kellner heute Morgen hatte stehen lassen. Sie schob den Wagen durch das Zimmer, winkte schüchtern Jana, die ja immer noch splitterfasernackt auf dem Bett lag zu und stellte den Wagen auf den Flur.

Sie schloss die Zimmertür wieder von innen und fragte: „Kann ich dann jetzt das Bad und die Suite reinigen Herr van Bebber?" „Aolani, Du kannst Dich gerne zuerst um Jana kümmern", dabei deutete er auf Jana die noch immer auf dem Bett lag. „Was soll ich denn tun?", fragte Aolani. „Na dass, was Du gerne mit ihr tun würdest. Nur Vorsicht, sie hat noch nie....."

Jana sah Christian böse an, doch dann musste sie grinsen. „Mich fragt wohl niemand?" sagte sie lachend. „Naja, wenn ich mir den Fleck auf dem Bettlaken ansehe, der von Deinem Fötzchen aufs Bett ausgelaufen ist, dann spricht das für mich Bände", entgegnete Christian. Auch Aolani bemerkte nun diesen Fleck und man sah wie ihr das Wasser im Mund zusammen lief. Sie ging einen Schritt auf Jana zu und lächelte sie an. „Willst Du, dass ich zu dir komme?" fragte sie, dabei konnte sie ihren Blick nicht von Janas Brüsten nehmen. Jana sah sie an, schluckte schwer und sagte dann mit heiserer Stimme „Ja bitte".

Aolani setzte sich neben sie auf das Bett und lächelte sie an. Dann nahm sie ihre Hand und ergriff Janas Hand und führte diese an ihre Brüste. „Möchtest du sie anfassen?" fragte Aolani. „Oh ja" stöhnte Jana. Sie griff nach Aolanis Brüsten und knetete sie durch den Stoff der Zimmermädchen-Uniform. Aolani ließ eine Hand zu Janas Brüsten gleiten, währen die andere Janas Arme streichelte. Die Brüste von Jana waren so wunderbar fest, zart und fühlten sich an wie der Himmel.

„Du bist immer noch angezogen, während ich hier nackt vor dir liege, dass ist unfair" sagte Jana. Ihre Hände griffen an die Knöpfe der Bluse und öffneten sie. Aolani streifte sich die Bluse ab und sofort griffen Janas Hände hinter Aolani und öffneten auch den BH.

Dieser war so eng, dass ihr der Verschluss der einen Seite knapp am Auge vorbei ins Gesicht flitschte. „AU" stöhnte Jana auf. Aolani küsste sofort die Stelle und Jana griff wieder an Aolanis Brüste. „Wow, die fühlen sich mega schön an" sagte Jana. „Und es fühlt sich mega schön an, wenn Du sie berührst" antwortete Aolani.

Jana wollte aber nicht länger warten, deshalb suchten ihre Hände den Reißverschluss des Rockes und fanden ihn an der linken Seite. Sie öffnete den Reißverschluss und schob den Rock so weit hinunter, wie es ging, da Aolani auf Knien auf dem Bett hockte.

Sie richtete sich auf, damit Jana den Rock bis zu den Knien hinunterschieben konnte. Eine Hand griff sofort an den Saum des Slips und wollte ihn hinunterschieben. Doch Aolani hilt sie fest. „Warte" sagte sie. „Lass das doch Herrn van Bebber machen" flüsterte sie. Christian sah sie an und freute sich „Oh, ich darf nicht nur zusehen, sondern auch mitmachen? Wie schön!!" lachte er. „und sag bitte Christian zu mir".

Christian saß ja noch auf der anderen Seite des Bettes, daher ging er nun um das Bett herum und strich Aolani mit den Fingerspitzen über den Rücken. Aolani erschauerte und wimmerte leise.

Jana war nun näher an sie herangerutscht und saugte an ihren Brustwarzen. Während Aolani versuchte, ihre Hand nun zwischen Janas Beine zu schieben, zog Christian ihr den Slip herunter. Aolani musste daher von Janas Paradies ablassen und sich kurz hinstellen, damit Christian ihr Slip, Rock und Strümpfe ausziehen konnte.

Aolani ließ sich wieder auf das Bett sinken und legte sich auf die Seite. Jana und sie küssten sich, während Janas Hände wieder an ihren Brüsten waren und Aolanis Hände sich zwischen Janas Schenkel drängten, um die süße Spalte und das enge Löchlein zu liebkosen.

Christian konnte nicht anders, er ließ eine Hand von hinten zwischen Aolanis Arschbacken verschwinden und streichelte sich von ihrem Poloch zum Fötzchen durch. Er ließ einen Finger tief in Aolanis Loch verschwinden und fickte sie damit. Dann zog er seine Hand zurück und hielt Jana den Finger vor den Mund. Sie wusste sofort was los war und schleckte den Finger ab.

„Hmmmmmm…. Wow. Man schmeckst Du heiß." Sagte Sie Aolani und leckte sich die Lippen.

Da gab es für Aolani kein Halten mehr. Sie legte sich auf Jana, so dass ihr Kopf zwischen Janas Beinen lag und Janas Kopf zwischen ihren Beinen. Aolani ließ genussvoll ihre Zunge durch die enge Spalte von Jana gleiten und leckte sie aus. „Oh man, du schmeckst aber auch wie Honig. Ich liebe deinen Duft und deinen Geschmack!" sagte Aolani.

Jana, die noch nie ein Fötzchen so nah vor sich gesehen hat, schaute sich erst einmal alles in Ruhe an. Sie zog die Schamlippen auseinander und spielte mit dem Löchlein. Sie leckte hier und kostete da und war wie hypnotisiert.

Aolani stöhnte und bettelte „Christian, bitte fick mich in den Arsch während Jana mich leckt. Bitte!" Das ließ sich Christian natürlich nicht zweimal sagen. Er zog sich aus und hockte sich hinter Janas Kopf. „Leck bitte mal über Aolanis Anus und mach ihn schön feucht" keuchte er.

„Damit ich ihr nicht weh tue, wenn ich gleich in sie eindringe", sagte er zu Jana. „Aber nur, wenn ich dich gleich auch mal blasen darf" antwortete Jana.

„Was immer du möchtest" sagte Christian. Jana leckte und speichelte Aolanis Arschloch so richtig nass ein, während Aolani sich weiter in Janas Fötzchen austobte. Sie versuchte mit einem Finger in das enge Löchlein zu kommen, aber da Jana noch Jungfrau war, schaffte Sie es nicht so einfach.

Christian streckte seinen Schwanz nun in Richtung Aolanis Arsch und rieb ihn an ihren beiden Löchern. Jana versuchte derweil seinen Schwanz mit dem Mund zu erreichen. Sie wollte endlich blasen. Also machte sie einen beherzten Griff und schnappte sich den Schwanz. Genüsslich ließ sie ihn in ihren Mund gleiten und genoss es diesen harten, warmen und zarten Schwanz endlich in ihrem Mund zu spüren. Er schmeckte sehr gut, was wohl auch daran lag, dass er sich vorher an Aolanis Fötzchen gerieben hatte und einige Tropfen von ihr daran klebten.

„Bitte fick mich endlich" rief Aolani. Also ließ Jana von Christians Schwanz ab und beobachtete, wie er ihn an Aolanis Arschloch ansetzte und langsam, aber stetig in sie eindrang. Aolanis Fötzchen lief über und tropfte Jana ins Gesicht. Sie leckte alles eilig auf und steckte ihre Zunge dann wieder in Aolanis Fickloch. Als Aolani das spürte, entfuhr ihrer Kehle ein spitzer Schrei. Während Christian sanft ihr Arschloch fickte, fickte Jana sie mit der Zunge. Ein Orgasmus nach dem anderen schüttelte Aolanis Körper.

Als Christian sich aus ihr zurückzog, ließ Jana kurz von ihrer Muschi ab und leckte Christians Schwanz sauber.

Aolani nutze die Chance und stieß mit dem Zeigefinger einmal fester in Janas Loch. Jana zuckte kurz zusammen, bließ aber weiter den Schwanz und Aolani ließ ihre Finger nun leichter rein und rausfahren aus Janas Fickloch, während sie ihren Kitzler nun mit der Zunge verwöhnte. Jana stöhnte auf und dabei flutschte ihr der Schwanz aus dem Mund.

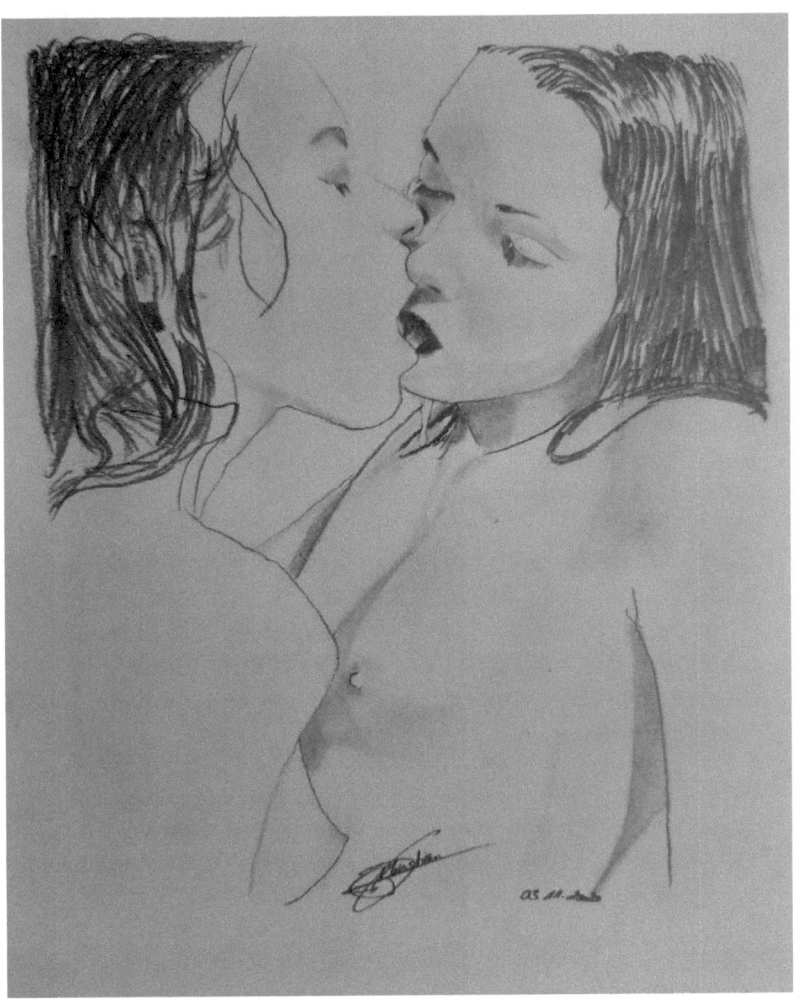

„Christian, bitte fick jetzt mich. Bitte steck ihn mir in meine nasse Muschi!" bettelte Jana. Christian zögerte. „Bitte" flehte sie.

„Komm, ich will sehen, wie du sie fickst" sagte Aolani. „Also gut" dachte Christian sich und ging halb um das Bett herum. Er hockte sich zwischen Janas Beine, gab erst ihrem Fötzchen einen Kuss und küsste dann Aolani. Dann setzte er seinen Schwanz an Janas Honigdose an, strich sanft durch ihren Schlitz und näherte sich dem Fickloch.

Er begann sanft und zart seinen Schwanz gegen dieses enge Loch zu drücken, während Aolani Jana küsste und mit einer Hand ihren Kitzler streichelte. Jana stöhnte immer wieder auf und drängte sich gegen seinen Schwanz.

Plötzlich stieß Christian zu und steckte bis zum Schafft in Janas Paradies. Sie zuckte einmal kurz zusammen und dann stöhnte sie wieder lustvoll auf. Er begann sich sanft in ihr zu bewegen.

Dann wurde er nach und nach schneller, immer darauf bedacht, wenn er ihr weh tun sollte, sofort aufzuhören. Aber Jana tat es nicht weh, im Gegenteil. Sie schwebte bereit auf „Himmlischen Wolken" und konnte die Orgasmen die Aolani und Christian ihr bescherten nicht mehr zählen.

Irgendwann stöhnte sie: „Bitte, ich kann nicht mehr. Bitte, hört auf. Komm her Christian und spritz mir in den Mund." Aolani protestierte „Hey, er soll UNS in den Mund spritzen. Ich will auch was!!"

Also legten sich die beiden Mädchen schwer atmend nebeneinander und küssten sich, während Christian seinen Schwanz über ihnen wichste. „Achtung" sagte er und die beiden Köpfe drehten sich mit offenem Mund zu ihm.

Er sah in diese beiden wunderschönen Gesichter und dann schoss es aus ihm heraus. Er spritze beiden Mädels abwechselnd in den Mund und ihre süßen Gesichter. Als nichts mehr kam, schnappte Jana sich seinen Schwanz und leckte ihn sauber. Sie schluckte und freute sich, wie geil doch Sperma schmeckte.

Sie sah Aolani an und küsste sie. Dann leckte sie Aolanis Gesicht sauber. Als sie fertig war, revanchierte sich Aolani und schleckte ihr Gesicht sauber.

Erfüllt und zufrieden erhoben sich die Drei und gingen duschen. Gut das Christian eine Suite hatte und die Dusche gerade so groß genug für drei war. Aolani zog sich schnell an und richtete ihre Kleidung. „Ich mach dann morgen richtig sauber" und grinste. Dann verlies sie das Zimmer.

Es war Mittagessens-Zeit, also zogen Jana und Christian sich wieder an und fuhren mit dem Aufzug in die Lobby. Im Aufzug küsste Jana Christian nochmal innig und sagte „Danke für den bisher schönsten Tag meines Lebens!".

Er lächelte und sagte „Es war mir ein sehr großes Vergnügen. Wenn es nach mir geht, ist der Tag ja noch nicht zu Ende und es muss ja auch nicht der einzige Tag bleiben. Ich verlängere einfach meinen Urlaub!" Sie grinste.

HAUS IN DER TÜRKEI

Kapitel 1

Es war kühl, für eine Sommernacht in der Türkei im August, erstaunlich kühl. Marie saß mit ihrer Tochter abends auf der Terrasse ihres Häuschens in Evrenseki.

Eigentlich wollte sie nie ein Haus in der Türkei haben, aber ihr getrenntlebender Ehemann hatte dies vor fünf Jahren gekauft und war dann vor zwei Jahren plötzlich bei einem Verkehrsunfall verstorben.

Er hatte das Haus Janin hinterlassen, ihrer gemeinsamen Tochter. Sie selbst hatte sein Vermögen geerbt. Ein großer Teil davon hätte ihr sowieso nach einer Scheidung zugestanden, die Scheidung hatte aber nie einer der Beiden eingereicht, allein schon ihrer Tochter zuliebe. Sie wohnten zwar getrennt, hatten aber jeden Tag kontakt.

Marie wollte eigentlich das Haus nach dem Ableben ihres Mannes verkaufen, aber ihre Tochter wollte es behalten. Auch wenn Janin damals erst 14 war, hat Marie den Wunsch ihrer Tochter respektiert. Mittlerweile war sie auch sehr froh, dass sie das Haus dann doch behalten haben.

Janin hatte viele schöne Erinnerungen an die Urlaube mit ihrem Vater und Marie hatte das Haus in den letzten zwei Jahren auch mehr und mehr schätzen gelernt.
Sie war mittlerweile 37 Jahre alt und hatte in ihrer Jugend die halbe Welt gesehen.

Hier, in diesem Haus fühlte sie sich aber mittlerweile mehr zuhause als im tristen Deutschland. Es war einfach alles viel einfacher und entspannter hier als im „ordentlichen" Deutschland.

„Was man alleine hier mit dem Euro sich alles leisten kann, was für uns in Deutschland unerschwinglich wäre", dachte Marie. „Hier können wir jeden Abend auswärts essen gehen und zahlen weniger für zwei innerhalb einer Woche als in Deutschland alleine an einem Abend."

Marie war eigentlich Sachbearbeiterin im Sozialamt einer Stadtverwaltung, hatte aber vor sechs Jahren aus gesundheitlichen Gründen aufgehört. Außerdem war ihr Mann reich und sie bekam damals von ihm 2.500,- EUR an monatlichem Unterhalt.

Durch die Erbschaft hatte sie nun ein Vermögen von 3.8 Mio Euro auf der Bank und lebte aber trotzdem bescheiden. Sie hatte die kleine Wohnung im Mehrfamilienhaus behalten, fuhr weiter ihren alten Micra und kaufte sich auch sonst nichts Besonderes.

Sie wollte eigentlich das Geld gar nicht. Sie brauchte kein Vermögen, um glücklich zu sein. Sie freute sich aber trotzdem, dass die Zukunft ihrer Tochter damit gesichert war. Geldprobleme würde Janin, zumindest wenn Sie vernünftig mit dem Geld umgehen würde, niemals haben.

Sie nippte an dem Glas Weißwein und sagte zu Janin: „Sag mal mein Schatz, als wir gestern bei Neumanns am Strand waren, hast Du da den Mann am Nachbartisch gesehen? Der ist mir hier schon öfter aufgefallen. Ob der hier wohl auch in der Nähe ein Haus oder eine Wohnung hat? Scheint auch ein Deutscher zu sein."

„Warum fragst Du ihn nicht einfach das nächste Mal? Aber ich weiß, wen Du meinst. Der hatte ein blaues Hemd und eine Jeans an und hatte ein Glas Merlot. Mehmet hat ihn begrüßt, als wäre er ein Stammgast."

Mehmet war der Besitzer des Strandrestaurants „Neumanns". Mehmet hatte das Restaurant von einem deutschen Besitzer übernommen, der sich zur Ruhe gesetzt hatte. Da das Restaurant sehr gut lief und Mehmet perfekt deutsch spricht, hatte er den Namen behalten.

„Oder du fragst einfach direkt Mehmet", sagte Janin. „Ja, ich frage lieber Mehmet als den Mann selbst. Das wäre sonst schon ein bisschen zu aufdringlich, oder?" fragte Marie.

„Also ich fände es nicht aufdringlich, sondern würde mich freuen, wenn mich jemand aus der Heimat anspricht."

„Hmmm", antwortete Marie. Das musste sie sich noch überlegen. So offen und forsch war sie nicht, eher schüchtern und zurückhaltend.

Vielleicht sollte sie Janina bitten, mit Mehmet zu reden. Aber das war ihr dann auch wieder peinlich. Was sollte sie nur tun?

Kapitel 2

Am Vortag

Simon saß wie jeden Donnerstag gegen 14 Uhr bei Mehmet auf der Terrasse des Neumanns und schaute aufs Meer. Er liebte diese ruhige Ecke. Auch wenn rundherum überall Hotels waren, so fand man hier doch immer einen ruhigen Platz, außer es wurden Bundesligaspiele übertragen, dann war hier die Hölle los. Deutsche wo man hinsah. Fußball interessierte Simon aber genau so sehr wie Fußpilz. Das Einzige, worüber er sich freute, war, wenn die Bayern mal wieder eine richtige Klatsche bekamen. Das passierte aber leider viel zu selten.

Er trank seinen Merlot und genoss die Aussicht. Dazu muss man wissen, dass er selbst den Merlot aus Spanien mitgebracht hatte. Ein Freund vom ihm hatte dort einen Weinberg und der „Tio Sancho", war einer seiner Lieblingsweine. Er hatte vor Jahren mal Mehmet eine Flasche zum Probieren mitgebracht und seither schickte er ihm jeden Monat fünf Kisten, denn der Wein verkaufte sich hier gut.

Am Nebentisch saß eine sehr attraktive Frau mit ihrer Tochter. Dass sie Mutter und Tochter waren, war mehr als offensichtlich, da die Jüngere wie eine 1zu1-Kopie der älteren Frau aussah.

Seine geliebte Frau Hatice war leider vor 2 Jahren an Corona gestorben. Es war eine sehr sehr harte Zeit für ihn. Aber das Leben geht weiter und er musste nach vorne sehen.

Er fand die Mutter bezaubernd. Sie war zwar schlicht gekleidet aber äußerst gepflegt und wirklich wunderschön. Gerne hätte er sie angesprochen, aber er war dann doch sehr schüchtern. Er hatte aber mitbekommen, dass Mehmet sie wohl kannte. Sie musste wohl Stammgast hier sein. Er würde Mehmet nachher mal fragen, wenn Sie gegangen waren. Vielleicht hatte Sie ja auch ein Haus oder eine Wohnung hier in der Nähe.

Er beobachtete die beiden Damen noch den ganzen Abend und fand die Mutter immer bezaubernder. Ja die würde er gerne näher kennen lernen. Aber dafür müsste er sie ansprechen und dann würde er eh nur wieder anfangen vor Aufregung zu stottern.

Gegen 18 Uhr verließen die beiden Frauen das Lokal und Mehmet setzte sich kurze Zeit später zu Simon an den Tisch.

„Sag mal Simon, dir scheint Marie aber sehr gut zu gefallen?" fragte Mehmet und zündete sich eine Zigarette an. „Was, äh, wie kommst Du den darauf?" fragte Simon verwirrt. Woher wusste dieser gerissene Hund nun schon wieder, dass er an Marie, so hatte Mehmet sie genannt, Interesse hatte.
„Na mein Lieber, so wie Du sie angeschmachtet hast, war das schon sehr offensichtlich" lachte Mehmet. "Oje, war das echt so auffällig?", fragte Simon.

„Naja, ich denke Marie oder Janin, ihre Tochter, haben es nicht bemerkt. Auch wenn ich irgendwie den Eindruck hatte, dass Sie sich auch für Dich interessiert hat."

„Du kennst die beiden aber gut! Wohnen die auch hier in der Nähe?" fragte Simon.

„Also sie haben ein Haus hier in Evrenseki, in der Nähe der Bambus Sitesi. Aber genau weiß ich das auch nicht, war ja noch nie bei denen zu Besuch. Aber auf jeden Fall haben die hier ein Ferienhaus und sind öfter in der Türkei."

Simon dachte nach. Wenn das in der Nähe der Bambus Sitesi war, dann waren das Haus von Marie ja fast direkt bei ihm vor der Haustür. Nur, wo genau?

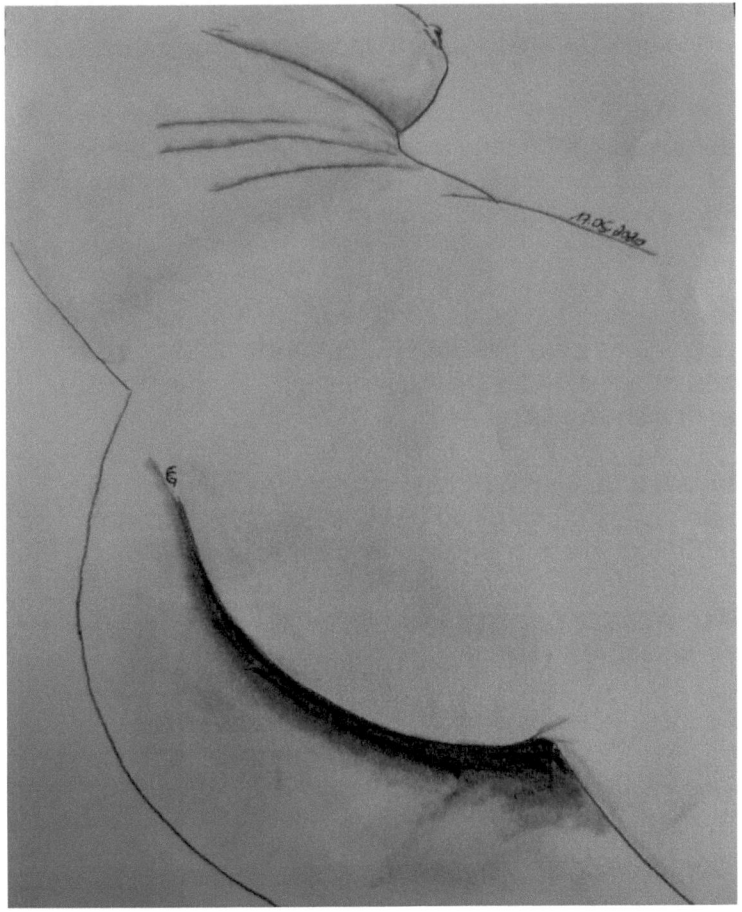

Kapitel 3

Marie war im Migros Supermarkt einkaufen und begegnete Mehmet zufällig an der Fleischtheke. „Günaydin Mehmet", begrüßte sie ihn. „Nasilsin?"

„Ach guten Morgen Marie, danke. Iyiyim. Und wie geht es Dir? Wo ist Janin?" erwiderte Mehmet. „Danke, mir geht es auch gut. Janin liegt am Pool und lässt sich die Sonne auf den Pelz knallen" lachte sie.

„Sag mal Mehmet, wo ich dich gerade mal allein sehe: gestern war doch am Nachbartisch ein Mann, blaues Hemd und Jeans mit dem Du Dich unterhalten hast. Wer war das und wohnt der auch hier in der Nähe?".

Mehmet musste laut lachen. Als er sich wieder ein bisschen beruhig hatte, erklärte er „Ach Marie, das ist so lustig. Genau die gleichen Fragen hat mir Simon, so heißt er, gestern zu Dir auch gestellt:" Er grinste. „Da bahnt sich wohl was an?"

Marie wurde ziemlich rot und verneinte natürlich. Sie habe nur einfach mal so gefragt. Sie packte etwas Grillfleisch ein und ging rasch zur Kasse.

„Man war das peinlich", dachte sie bei sich. Sie bezahlte und verließ den Laden.

Draußen saßen wie so oft, kleine Kätzchen. Sie streichelte sie und schmuste mit ihnen. Sie dachte an diesen Simon. Er gefiel ihr halt wirklich sehr gut.

Kapitel 4

Simon war sehr neugierig. Irgendwo hier musste Sie ja wohnen. Er hatte sich vorgenommen, heute die beiden Sitesi in seiner Umgebung mal abzuklappern und zu schauen, ob er Hinweise zu Maries Haus findet. Er war gerade in der Sunshine Villas Sitesi und schaute sich um. Wo könnte Sie nur wohnen?

Er lief zwischen den Häuser durch und schaute hier und schaute da vorsichtig im Vorbeigehen in die Fenster, aber er fand keine Hinweise. Also schlenderte er weiter zum Pool der sich, wie in seiner Wohnanlage, in der Mitte der Sitesi befand.

Am Pool lag eine junge Frau in der Sonne. Konnte das Janin sein? Er war sich nicht sicher, er hatte Sie ja schließlich nur einmal bisher gesehen und eigentlich hatte er sich nur Marie angesehen und nicht so auf Janin geachtet.

Also versuchte er es mit einem alten Trick, er hielt sich sein Handy ans Ohr und rief „Janin?". Dabei schaute er vorsichtig durch seine Sonnenbrille, ob die junge Dame am Pool reagieren würde.

„JA bitte? Wer sind Sie?" fragte Janin. Er setzte einen verblüften Gesichtsausdruck auf und sagte in sein Handy „Warte mal kurz." Er sah Janin an und fragte, „Reden Sie mit mir?"

„Ach so, sie telefonieren. Ich dachte Sie hätten mit mir gesprochen, mein Name ist auch Janin" lachte Janin und lächelte ihn freundlich an.

Er lachte zurück und erklärte „Haha, nein. Ich spreche mit meiner Sekretärin in Deutschland. Entschuldigen Sie, dass ich sie gestört habe".

„Alles gut, aber sagen Sie mal, haben wir uns nicht gestern bei Mehmet, also im Neumanns gesehen? Saßen Sie nicht an unserem Nachbartisch?" fragte Janin die ein sehr gutes Gedächtnis hatte, wenn es um andere Menschen ging.

„Ja, ich war gestern bei Mehmet. Wie jeden Donnerstag eigentlich. Ich wohne hier in der Nachbaranlage, der Bambus Sitesi. Ich war nur gerade spazieren und telefonieren", entgegnete Simon. „Sie wohnen mit ihrer Mutter hier in der Anlage?"

„Ja, mein verstorbener Vater hatte hier ein Haus gekauft, was ich geerbt habe. Ich bin hier so oft es geht und meine Mutter lebt fast das ganze Jahr hier."

„Ach, das ist ja schön. Ich wohne auch überwiegend hier. Ist schon ein schönes Fleckchen Erde.", antwortete Simon.

„Wenn Du lieber in einem größeren Pool schwimmen möchtest, dann komm doch rüber in meine Sitesi, der Pool ist mindestens dreimal so groß!" Er fügte schnell hinzu, „Also Du und Deine Mutter meine ich."

„Oh, danke. Dass ist sehr nett. Da kommt Sie auch gerade vom Einkaufen", sagte Janin und deutete hinter Simon, der sich erschrocken umdrehte.

„Hallo", sagte Marie und stellte ihre Tüten ab um ihm die Hand zu reichen. „Haben wir uns nicht gestern bei Mehmet gesehen?"

„Ja, das hat mich ihre Tochter auch gerade gefragt. Ich bin jeden Donnerstag bei Mehmet, also fast jeden Donnerstag. Ich habe nebenan in der Bambus Sitesi ein Haus."

„Oh", entgegnete Marie. „Das ist aber schön Simon, dass Sie direkt neben uns wohnen." Er schaute sie irritiert an, „Woher kennen Sie meinen Namen Marie?" fragte er. Marie wurde wieder rot. „Äh…. Nun ja ich habe vorhin Mehmet beim Einkaufen getroffen und er sagte mir, dass ihr Name Simon sei. Entschuldigung, ich war sehr neugierig, wer sie sind."

„Mach Dir keine Gedanken Mama, der Herr hat sich auch sehr für Dich interessiert. Er hat sogar so getan, als wenn er telefonieren würde, um mich anzusprechen und nach Dir auszufragen", grinste Janin.

Jetzt wurde Simon aber mächtig rot. „Ich bin wohl doch nicht so ein guter Schauspieler wie ich dachte", sagte er kleinlaut. „Wie wäre es aber, wenn wir erst einmal alle DU sagen würden? Wir kennen ja eh nur die Vornamen der anderen."

„Gerne" antworteten Marie und Janin gleichzeitig. „Ich bin Marie Schneider und das ist meine Tochter" sagte Marie. „Sehr angenehm, ich bin Simon Helfeier, also H E L F E I E R geschrieben, aber wie Hellfire" ausgesprochen. „Ui, das ist ja mal ein cooler Nachname", sagte Janin.

„Sag mal Janin, was hat mich denn verraten?" fragte Simon. „Nun, wenn man vorgibt zu telefonieren, dann verabschiedet man sich vom Anrufer und legt auf, bevor man sich mit jemand anderen unterhält und du hast das Handy sofort auf den Stuhl hier gelegt.

Ich konnte sehen, dass der Home-Bildschirm angezeigt wurde. Also hast Du nur so getan, als wenn Du mit einer JANIN" sie rief ihren Namen „telefonieren würdest. Du wolltest sehen, ob ich darauf reagiere."

„Also Janin Holmes, dass hast Du sehr gut kombiniert. Ich habe zu meiner Verteidigung lediglich vorzubringen, dass ich" und dabei schaute er Marie an „von Deiner Mutter seit gestern sehr fasziniert bin. Entschuldigung". „Tja, dann seid ihr ja schon zu zweit" lachte Janin. „Meine Ma steht auch auf Dich!" Marie sah aus, als wenn ihr Kopf gleich explodieren würde, so rot wurde sie.

Doch dann fingen alle Drei an zu lachen. Es waren herzliche und erlösende Lacher. Die Situation hätte sehr peinlich werden können, aber so wurde alles Merkwürdige einfach weggelacht.

„Was haltet ihr davon, wenn ihr heute zusammen grillt. Ich wollte eh noch an den Strand. Ich laufe dahin und bin bestimmt vor 20 Uhr nicht wieder hier", sagte Janin.

„Aber Schatz, es ist doch gerade mal 12 Uhr, was willst Du denn so lange am Strand machen?", fragte ihre Mutter.

„Na, euch Beiden genug Zeit zum Kennen lernen geben. Ich such mir einfach einen schnuckeligen Typen und hab auch einen schönen Abend", sagte sie mit einem Augenzwinkern.

Ihre Mutter musste lauthals lachen, denn Sie kannte ihre Tochter. Sowas würde Sie nie tun. Sie würde wahrscheinlich die meiste Zeit bei Mehmet im Restaurant sitzen und Tavla spielen. Sie war eine Meisterin darin.

„Also gut, wenn Du nichts gegen Grillen hast Herr Nachbar, dann würde ich Dich gerne zum Essen einladen", sagte Marie. „Warum sollte ich was dagegen haben, wenn man von so einer schönen Frau zum Essen eingeladen wird?" entgegnete Simon und lächelte.

Janin sprang auf und lief zum Haus, sich umziehen und die Strandtasche packen. Sie war verschwunden, bevor Marie und Simon vom Pool im Haus angekommen waren.

Marie führte Simon einmal durchs Haus. Im Prinzip war ihr Haus fast identisch mit seinem. Es hatte nur ein Schlafzimmer mehr als sein Haus und das Wohnzimmer war ein wenig größer.

Als Sie auf dem Weg nach oben waren, stolperte Simon auf der letzten Stufe und fiel der Länge nach hin. Dabei zog er sich eine Platzwunde an der Stirn zu. Marie half ihm auf und führte ihn zu ihrem Bett und ließ ihn sich vorsichtig hinlegen. Sie verschwand im Bad und kam kurze Zeit späte mit dem Verbandkasten wieder.

Sie öffnete mit zittrigen Händen den Kasten und dabei fielen fast alle Mullbinden, Pflaster, Dreieckstücher, Brandwundenauflagen, eine Schere usw. auf den Boden. Außerdem auch eine Tube Gleitcreme, ein Vibrator, ein Analplug und Kondome.

Simon sah es nicht sofort und Marie versuchte die Dinge schnell wieder in den Kasten zu räumen. Dabei kam sie versehentlich in der Hektik an den Knopf des Vibrators und ein lautes „BRRRRRRRR" ertönte.

Simon schaute auf. „Ui... das ist aber WIRKLICH ein interessanter Erste-Hilfe-Kasten" scherzte er.

Wenn die Farbe ROT bisher nicht bekannt war, hätte man jetzt ein Foto von Marie machen müssen. Mehr rot ging überhaupt nicht. Auch wenn das Haus etwa 500 Meter vom Strand entfernt stand, konnten die Seefahrer in 2 km-Entfernung noch das Leuchten sehen.

Marie stammelte etwas von, „oft alleine", „manchmal einsam", „Langeweile" und weiteres, was Simon nicht verstand.

Er nahm ihre Hand und sah ihr in das rote Gesicht. „Was hältst Du davon, wenn Du mir jetzt ein Pflaster für meine Stirn gibst?" lachte er. Sie schnitt einen Streifen ab und klebte ihn vorsichtig auf Simons Stirnwunde, wo sich schon eine deutlich sichtbare Beule gebildet hatte.

„Ich hätte da noch eine Beule, um die Du Dich kümmern könntest" sagte er mit einem glitzern in den Augen. Marie sah erst jetzt das Zelt, das sich deutlichst in seinen Shorts gebildet hatte. „Also Errektionsprobleme scheint er offenbar nicht zu haben", dachte Sie.

Sie strich sanft über diese Beule und fragte: „Aber Beulen tun doch weh, wenn man sie berührt und feste drückt und dran zupft, oder?" Er stöhnte bei der Berührung auf. „Ich glaub Du bist eine super Krankenschwester und weißt, wie man mit den unterschiedlichsten Beulen umgehen sollte", keuchte er.

Sie legte sich zu ihm aufs Bett und ihre Hand streichelte seine Oberschenkel, seinen Bauch und ganz sanft auch immer wieder diese Beule in der Hose.

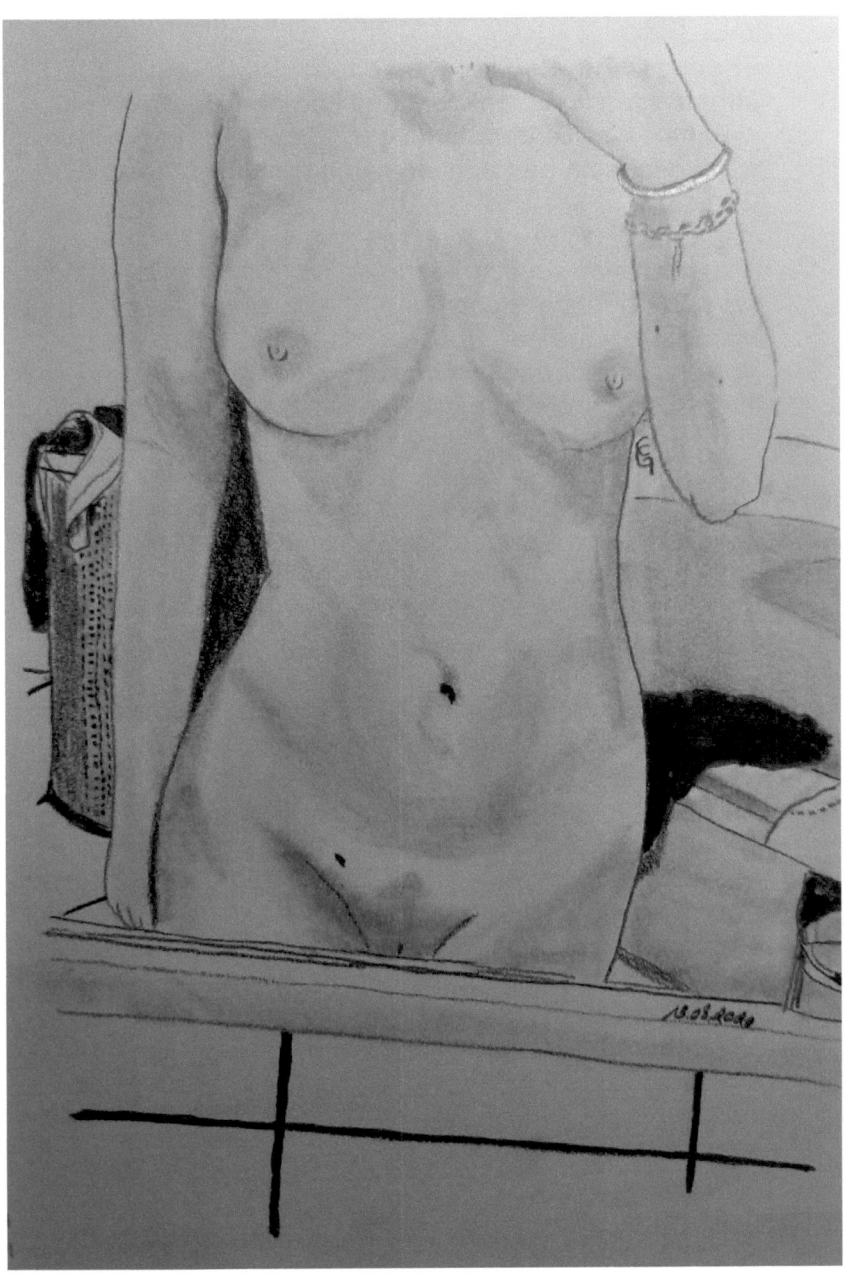

Er genoss ihre Berührungen offensichtlich und sie öffnete seinen Hosenknopf und zog den Reißverschluss hinunter. Als Sie die Shorts ein Stückchen tiefer schob, sprang ihr sein hart erigierter Schwanz direkt ins Gesicht.

"Hmmm, dass scheint aber eine hartnäckige Beule zu sein. Die benötigt sicher eine Spezialbehandlung" raunte Marie. Sie hatte den Satz kaum beendet, da zog sie die Vorhaut zurück und küsste seine Eichel, liebkoste sie mit ihrer Zunge und nahm die Spitze seines Schwanzes in den Mund und saugte daran.

„Ohhhjaaaaaa", war das Einzige, was Simon antworten konnte. Sie hielt seinen Schwanz mit einer Hand umschlossen und fickte seinen Zauberstab mit ihrem Mund und ließ dabei immer wieder ihre Zunge um seine Eichel kreisen. Immer wieder stöhnte er laut auf.

Sie ließ seinen Schwanz los und streichelte seine Beine mit den Händen, während sie ihn weiter blies. Er konnte es nicht mehr lange zurückhalten und stöhnt „Marie ich…. ich komme, pa….pass auf". Sie blies weiter und nahm seinen Schwanz soweit es irgend ging in ihren Mund. Er kam mit einem lauten Grunzen und sie rammte sich den Schwanz so weit in den Hals, dass er direkt in ihre Kehle abspritzte. Sie hatte Mühe alles zu schlucken.

Als sie merkte, dass das Zucken nachließ, nahm sie seinen harten Schwanz aus dem Mund, schleckte sich einmal über die Lippen und lutschte und leckte dann seinen Prügel sauber. Keinen Tropfen wollte Sie vergeuden.

„Oh mein Gott" stöhnte Simon, „das war so unbeschreiblich schön".

„Ich fand es auch mega geil" entgegnete Marie. „Es hat Spaß gemacht dir einen zu blasen", sie lächelte ihn an. „Ich würde vorschlagen, wir gehen erst einmal schwimmen, dann grillen wir und dann darfst du mich zum Nachtisch lecken und vögeln. Wie hört sich das an?" „Das, meine liebe Marie, hört sich nach einem wunderbaren Plan an!" erwiderte Simon.

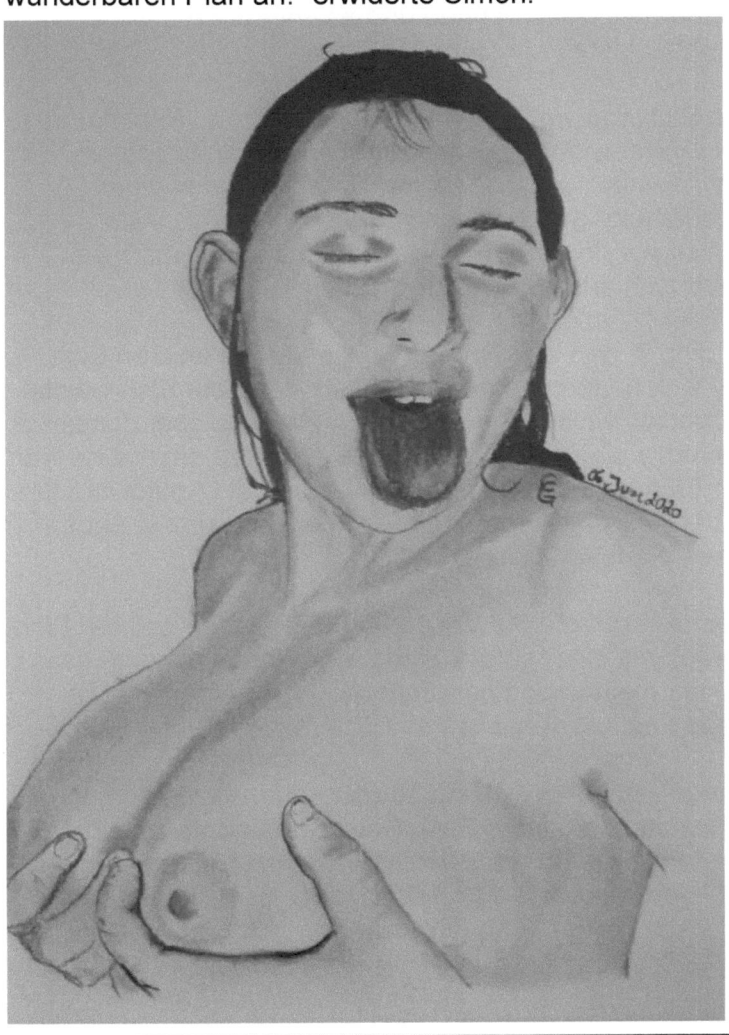

ANATOL UND SEINE ANNA

Anatol war ein Junge, der in Sibirien lebte und der gerne mit seinem Vater auf die Elchjagd ging, um für seine Mutter und die Familie etwas zu Essen zu finden. In Sibirien lag tiefer Schnee und es waren die Weihnachtstage im Jahr 1885.

Die Elchjagd verlief zunächst erfolglos und Anatol und sein Vater wollten schon aufgeben, denn es zog ein Schneesturm auf. Sie hatten Unterschlupf in einer Schutzhütte gefunden und Janosch, Anatols Vater schlief vor dem Kamin, als Anatol ein merkwürdiges Geräusch aus dem Wald vernahm.

Er ging in den Wald und entdeckte einen weißen Elch, der sich verletzt hatte. Anatol sah, dass der Elch weinte. Eigentlich wollte er ja einen Elch erlegen, aber diesem weißen weinenden Elch musste er helfen. Irgendwie war der Elch eben etwas Besonderes und als Anatol ihm tief in die Augen gesehen hatte, sah er dass es die Augen eines Mädchens waren.

Anatol versorgte die Verletzung des Elches und der Elch sprach mit einer süßen Stimme zu Anatol „Danke, dass Du mir mein Leben gerettet hast. Nach einer wahren Sage hast Du nun drei Wünsche frei" sagte der Elch.

Anatol wünschte sich mit seinen ersten beiden Wünschen, dass der Elch wieder gesund sei und ihm nie wieder etwas Böses widerfahren sollte. Mit dem dritten Wunsch wünschte sich Anatol, dass sein kleiner Bruder Mikosch wieder gesund werde.

Der Elch erklärte, dass sich seine Wünsche am Heiligen Abend erfüllen werden, und genau so geschah es. Mikosch war wieder gesund und der Elch war geheilt und für alle Zeit vor dem Bösen geschützt.

Anatol suchte den weißen Elch am 1.Weihnachtstag, um ihm für die Heilung seines Bruders zu danken. Er fand den Elch aber nicht, dafür aber ein schlafendes, wunderschönes Mädchen mit langen, lockigen blonden Haaren, dass auf dem Fell eines weißen Elches lag.

Splitterfasernackt lag das Mädchen da. Sie musste so um die 18 Jahre alt sein. Er kannte sie nicht, aber beim Anblick ihres wohlgeformten Körpers wurde ihm ganz heiß. Sie schlief auf der Seite liegend mit angewinkelten Beinen und er schaute sie sich ganz genau an.

Sie hatte wunderschöne und feste große Brüste deren Nippel steif und hart abstanden. Ihre Taille war schmal mit einem flachen Bauch und ihre Hüften wunderschön geschwungen. Er kniete sich hinter sie und begutachtete ihren Hintern. Er war fest und prall und zwischen ihren Oberschenkeln konnte er ihr behaartes Fötzchen erkennen. Am liebsten hätte er sie dort sofort geküsst.

Sie schlief tief und fest und er berührte sanft ihren Po. Sie rührte sich nicht und er streichelte mit seiner Hand weiter hoch zu ihren Brüsten und umkreiste sanft ihre Brustwarze. Sie räckelte sich und Anatol erschrak. Das Mädchen schlief aber weiter.

Anatol hatte bereits Schmerzen, weil sein harter Schwanz so stark gegen die Hose drückte, dass es einfach weh tat. Er öffnete seine Hose und holte seinen harten Ständer raus.

Er strich mit einem Finger sanft durch ihre Spalte und das Mädchen stöhnte leise, schlief aber weiter.

Er versuchte mit einem Finger in sie einzudringen, kam aber nicht weit ohne Angst zu haben, dass sie schmerzen bekam und wach wurde. Er drang also nur ein kleines Stück in sie ein und bewegte seinen Finger rein und raus. Mit dem Daumen rieb er zeitgleich ihren Kitzler. Sie stöhnte leise und bewegte sich leicht, offenbar mochte ihr Körper diese Art der Berührung.

Davon angespornt rieb er weiter, mit seiner freien Hand spielte er an seinem Schwanz und wichste ihn. Er merkte, dass er nicht lange brauchen wird, bis er kommt. Ihr Anblick und sein Finger in ihr war einfach zu geil.

Während er sie fingerte, verzog sie leicht das Gesicht, mal war ein Lächeln auf ihren Lippen, mal sah es fast so aus als habe sie schmerzen. Da sie aber weiter zu schlafen schien, war es wohl weniger Schmerz als Wonne, die sie spürte. Seine Finger in und an ihr wurden schneller und gleichzeitig wurde auch sein wichsen schneller. Immer schneller schob er seine Vorhaut zurück und vor, zurück und vor.

Plötzlich sagte Sie: „Steck ihn mir rein Anatol, ich will dass Du in mir kommst!" Er war zu aufgeregt, um zu erschrecken, setzte seinen harten Schwanz an ihrer nassen Möse an und stieß zu. Vorhin fühlte es sich so an, als wäre Sie noch Jungfrau, jetzt aber glitt sein harter Schwanz wie auf Schienen in sie.

Er brauchte nur fünf harte Stöße und sie kamen beide gleichzeitig zitternd und zuckend. Er schoss ihr sein Sperma regelrecht in den Unterleib.

Erschöpft und befriedigt ließ er sich neben sie auf das Fell fallen und schaute in die Wolken. Dann fing sein Gehirn langsam wieder an zu funktionieren. „Sag mal, woher kennst Du meinen Namen? Ich habe Dich doch vorher noch nie gesehen!" fragte er.

„Schau mir tief in die Augen, dann wirst Du mich erkennen." Anatol schaute in ihre wunderschönen Augen und da erkannte er „Du, Du, äh Du bist oder warst der Elch" stotterte Anatol. „Das kann nicht möglich sein" rief er aus.

„Doch Anatol, ich war der Elch. Ich erzähle Dir nachher meine Geschichte. Jetzt will ich aber erst einmal deinen Schwanz wieder hart blasen", sagte sie.

„Während Du mich leckst und dann fickst Du mich nochmal, aber diesmal hart und lange. Und am Ende will ich Dein Sperma kosten."

Anatol schluckte, sah dieses wunderschöne Mädchen ihn lüstern anlächeln und stellte fest, „Du kannst mir die Geschichte gerne später erzählen, aber jetzt will ich wirklich erst einmal deine nasse Muschi lecken und deinen Mösensaft probieren!"

Sie legte sich so auf ihn, dass ihr Kopf zwischen seinen Beinen lag und er ihre nasse Pussy direkt vor seinem Mund hatte. Es dauerte noch ein paar Stunden, bis Anna ihm die Geschichte erzählen konnte, sehr geile Stunden.

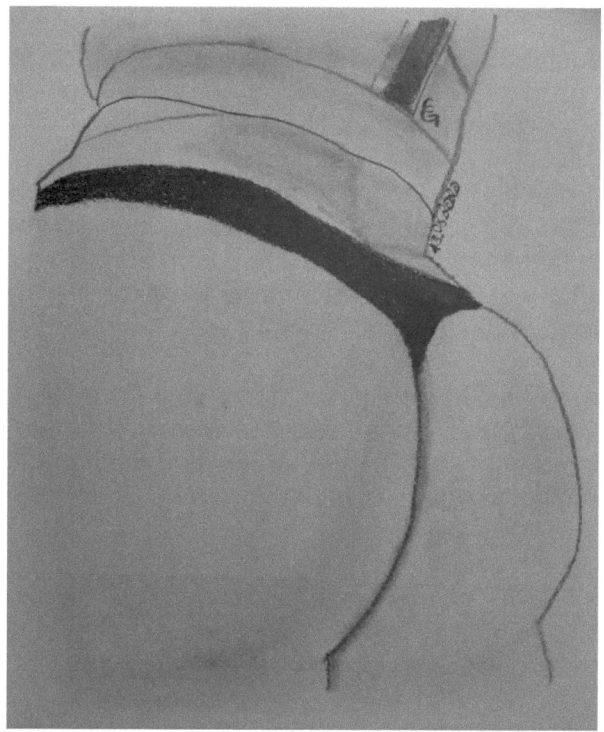

JOHANNES ENTDECKT SEIN WAHRES ICH

Johannes wurde als Hannah in einer Kleinstadt nahe der belgischen Grenze geboren und lebte bis zu seinem 19 Lebensjahr auch als Mädchen. Seit er 12 war wusste er aber, dass er im falschen Körper lebt. Er fühlte sich schon damals als Junge und nicht als Mädchen.

Mit 18 machte er seine ersten sexuellen Erfahrungen mit einem 20-jährigen Jungen, dem er aus purer Neugier anbot, ihm einen zu blasen. Er hatte es noch nie gemacht, wusste aber aus Filmen und Beschreibungen wie es funktioniert.

Es war kein romantisches Date, es war überhaupt kein Date, es war tatsächlich einfach nur eine Verabredung zum Blowjob. Johannes (also damals noch Hannah) wollte nicht, dass er ihn anfasst, weil er sich für seinen Mädchen-Körper schämte. Er wollte einfach nur mal einen Schwanz anfassen, ansehen und fühlen.

Er verabredete sich daher mit Lasse, dem 20-jährigen im Wald. Sie trafen sich am Hochstand seines Onkels und Johannes kniete sich vor Lasse, öffnete dessen Hose und griff beherzt nach seiner Latte.

Lasse wollte zwar gerne einen geblasen bekommen, aber er fand Johannes als Mädchen damals so heiß, dass er mehr als nur Blasen wollte. Daher forderte er Johannes auf, sich hinzustellen und öffnete auch dessen Hose. Johannes protestierte, denn er wollte nicht, dass der Junge seine Muschi sieht. Er fand seine eigenen Körper eben sehr abstoßend.

Lasse hingegen fand Johannes Körper mega geil, denn Johannes hatte kleine, feste Titten und einen süßen kleinen Arsch. Er wollte also Johannes nackt sehen, wenn er ihm in den Mund spritzte.

Johannes weigerte sich erst, dann ließ er Lasse aber gewähren, da er merkte wie geil Lasse wurde, denn Johannes hatte noch immer dessen Schwanz in der Hand und der wurde von Sekunde zu Sekunde härter.

Lasse zog also Johannes die Hose und die Boxershorts (Johannes wollte keine Mädchenunterhosen tragen) herunter und freute sich die kleine, süße Spalte sehen zu dürfen. Er ließ einen Finger durch die nasse Spalte gleiten und Johannes stöhnte auf.

"Na siehst Du, es gefällt Dir" sagte Lasse. „Ja, ok. Aber wenn ich Dir einen blasen soll, muss ich mich vor Dich hocken und dann kannst Du eh weder was sehen noch streicheln" antwortete Johannes.

„Warte" sagte Lasse und schlürfte zu seinem Fahrrad. Laufen war etwas schwierig mit herunter gelassener Hose. Er zog eine Picknickdecke aus seiner Satteltasche und breitete diese aus. „So können wir uns beide auf die Seite legen und ich kann deine Muschi sehen währen Du mir einen Bläst."

Widerwillig legte Johannes sich auf die Decke und Lasse verkehrtherum ebenfalls ihm gegenüber. Johannes schnappte sich wieder den harten Schwengel von Lasse und fing an ihn zu wichsen, während Lasse den Blick auf die jungfräuliche Muschi von Johannes genoss.

Johannes fing an, die Eichel von Lasse mit seiner Zunge zu umkreisen und leckte aufwärts den Schwanz ab.

Lasse gefiel das und strich wieder mit einem Finger durch den Schlitz und suchte den Kitzler.

Johannes fand zwar die Berührungen irgendwie geil, wollte aber eigentlich ja „nur" Lasse einen blasen. Er öffnete also seinen Mund und ließ Lasses Steifen bis zum Anschlag in seiner Kehle verschwinden. Er bließ den Schwanz so enthusiastisch, dass Lasse das Fingern vergaß und aufpassen musste nicht zu schnell abzuspritzen. Er wollte den Blowjob möglichst lange genießen um dann um so heftiger abzuspritzen.

Er schaffte es aber nicht lange auszuhalten, dafür war es einfach zu geil, wie Johannes seinen Schwanz bearbeitete. Keine 2 Minuten später schoß er ab und Johannes hatte tatsächlich Probleme alles zu schlucken. Es war das erste Mal, dass er Sperma schmeckte. Es war nicht so schlimm, wie er gehört hatte, aber es war jetzt auch nicht sein Lieblingsgeschmack.

Er leckte Lasses Schwanz sauber und zog sich an. Lasse lag auf der Decke und war völlig erschöpft, obwohl er ja nur dagelegen hatte. Er lag auf jeden Fall noch da, als Johannes schon wieder auf seinem Rad saß und heimfuhr.

Johannes hatte noch so einige sexuelle Erfahrungen mit beiden Geschlechtern bis er sich mit 19 dann entschied sich zu Outen und fortan als Junge zu leben.

Mit 20 ließ Johannes seinen Namen ändern, ließ sich die Brüste entfernen und konnte endlich, nach dem die Narben abgeheilt waren, oben ohne als Junge herumlaufen. Eine Angleichung seiner Muschi zu einem Penis ließ er aber nicht machen, denn die Gefahr, dass hier etwas falsch läuft war ihm zu groß. Sexuelle Erfüllung konnte er auch so finden, da er sich zwischenzeitlich mit dem Rest seines Körpers arrangiert hatte. Als Junge leben zu können, in der Gesellschaft anerkannt und akzeptiert zu sein, war mehr als er sich jemals erträumt hatte.

An seinem 21 Geburtstag traf er dann zufällig Lasse wieder auf einem Festival. Lasse erkannte ihn natürlich nicht, Johannes erkannte ihn aber sofort. Und irgendwie reizte es ihn, festzustellen, ob Lasse auch mit ihm als Junge was anfangen würde. Er ging also hinüber zu Lasse und stellte sich neben ihn.

„Hallo Lasse" sagte er. Lasse drehte sich zu ihm und schaute ihn verwundert an. „Kennen wir uns?" fragte er. „Ja" antwortete Johannes. Lasse sah ihn abschätzend an, konnte aber diesen Jungen, der vor ihm stand, nicht zuordnen.

„Ich hab dir vor ein paar Jahren mal einen im Wald geblasen" sagte Johannes. Lasse sah ihn zuerst verwundert, dann verärgert an. „Willst Du mich verarschen? Sowas habe ich nur ein einziges mal erlebt und das war mit einem tollen Mädchen und bestimmt nicht mit dir".

Johannes lächelte und sagte „Genau, mit Hannah hattest Du dieses Abenteuer. So hieß ich damals auch noch, heute heiße ich Johannes. So steht es in meinem Pass".

Lasse sah Johannes tief in die Augen und musste feststelle, dass er die Wahrheit sagte. „WOW, das ist ja mal ein Ding. Wie, warum, was, äh also wie kam es dazu, dass Du jetzt ein Junge bist?"

Johannes erzählte Lasse in Kurzform seine Geschichte und Lasse hörte aufmerksam zu. „Du hast also weiter eine Muschi aber bist obenrum ein Mann?" fragte er. „Ja, genau. Den letzten Schritt zum Mann werde ich wohl nicht machen."

„Das hört sich jetzt wahrscheinlich unsensible an und ich bitte Dich auch jetzt schon um Verzeihung, aber darf ich deine Muschi nochmal sehen? Deine war die Erste die ich damals gesehen habe und beim Wichsen hab ich selten an eine andere gedacht. Es war einfach zu schön damals. Ich hab auch seither nie wieder einem Mädchen in den Mund spritzen dürfen."

„Hahaha" antwortete Johannes. „Auch keinem Jungen?" fragte er. „Nein, ich bin ja nicht Bi oder Schwul" antwortete Lasse. „Aber Lasse, ich bin ja jetzt auch ein Junge" entgegnete Johannes. „Ja, aber mit Dir würde ich alles machen" lächelte er.

„Na dann komm" sagte Johannes. Sie gingen zu seinem Auto und fuhren in einen nahe gelegenen Wald. Während der ganzen Fahrt, sagte Lasse kein Wort, saß nur zitternd neben Johannes.

Johannes holte eine Picknickdecke aus dem Kofferraum und breitete sie auf dem Boden aus. „Oha, dass kommt mir bekannt vor", sagte Lasse mit zittriger Stimme. „Hahaha, ja. Vielleicht erinnerst Du Dich gleich auch noch an mehr!" sagte Johannes und kniete sich vor Lasse, öffnete seine Hose und schnappte sich seinen halb steifen Schwanz. Irgendwie sah Lasse besorgt aus. „Mir hat noch nie ein Junge einen geblasen" stammelte er.

„Du bist der Erste, der von mir als Person zum zweiten Mal einen geblasen bekommt, einmal als Mädchen und einmal in meinem wahren Geschlecht."

„Dann musst Du aber wieder Deine Hose ausziehen und ich will wieder Deine Pussy sehen!" sagte Lasse und öffnete Johannes Hose. Sie legten sich auf die Decke und Johannes nahm den Schwanz von Lasse in den Mund, während dieser ihm die Hose auszog.

„Oh man, Du kannst immer noch hervorragend blasen!" stöhnte Lasse und schob aber diesmal seinen Kopf an Johannes Muschi und fing an dieses wunderschöne Fötzchen zu lecken.

Johannes stöhnte auf, denn er liebte eine flinke Zunge an seinem Kitzler. Während Johannes den Schwanz von Lasse tief in seinem Mund hatte, fingerte Lasse sowohl Johannes Möse als auch seinen Arsch. „Ich will dich diesmal richtig ficken" sagte Lasse.

Johannes ließ seinen Schwanz aus dem Mund gleiten und sagte: „Dann mach doch". Das ließ sich Lasse nicht zweimal sagen. Er setzte seinen Schwanz an der tropfenden Möse an und glitt geschmeidig in Johannes. Es fühlte sich gut an. Lasse fing langsam und dann immer schneller und härter an Johannes zu ficken.

Bei einem besonders schwungvollen Stoß rutschte sein Schwanz aus der nassen Muschi und versehentlich verirrte sich sein Schwanz in Johannes Arsch. Johannes schrie kurz auf und Lasse hielt, einige Zentimeter in Johannes Arsch steckend inne. „Mach weiter" stöhnte Johannes der bisher nur selten mal einen Finger im Arsch hatte, aber das Gefühl gerade richtig geil fand.

Lasse fing langsam wieder an, nun in Johannes Anus zu stoßen. Seine Bewegungen wurden wilder und heftiger denn es war schon mega eng in diesem Loch, wunderbar eng.

Es dauerte nicht lange, dass Lasse seine volle Ladung in Johannes Arsch abspritzte. Auch Johannes war schon mehrmals gekommen. Lasse sank erschöpft neben Johannes auf die Decke und rang nach Atem.

„Man Johannes, das war ja noch besser als damals. Ich hatte ehrlich nie wieder so guten Sex wie mit dir das eine mal damals. Ich wünschte wir könnten öfter miteinander vögeln." „An mir soll es nicht liegen" antwortete Johannes.

Nun, was soll man sagen. Aus der F+ wurde schnell eine Beziehung und die Beiden sind noch heute zusammen.

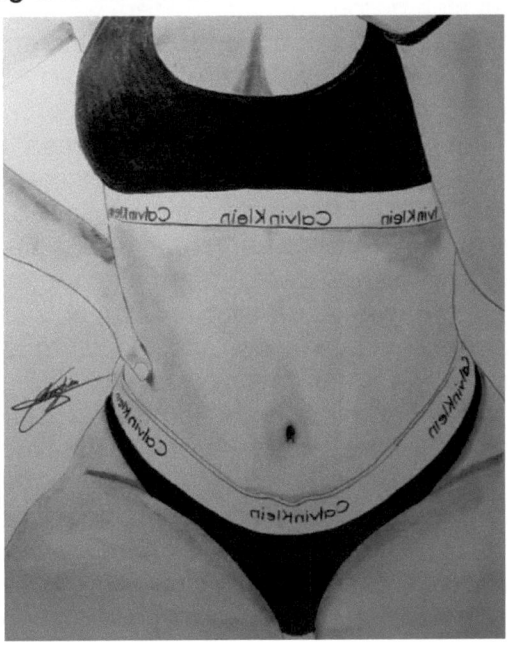

DIE MASKE IST GEFALLEN

Svenja lebt in der Schweiz an der Grenze zu Lichtenstein. Die Schweiz ist jetzt nicht gerade für ihre Überbevölkerung bekannt, soll heißen: es leben nur wenig Menschen in ihrem Dorf und damit leider auch wenig Männer. Svenja ist eigentlich außerordentlich attraktiv, aber es gibt eben keine Männer in der Nähe, die nicht schon eine Frau hätten.

Tagsüber arbeitet sie als Verkäuferin in einem Migros an der Landstraße in Balzers auf der Lichtensteiner Seite. Aber wenn sie abends wieder allein zuhause in Bad Raganz auf der Schweizer Seite ist, wird sie zu Svenja der Sexgöttin. Sie hat das Internet und insbesondere Online-Sex mit Fremden für sich entdeckt. Sie tummelt sich gerne auf Chat Seiten, wo man per Zufallsprinzip einen Chatpartner zugeteilt bekommt.

Hier hat sie schon so einige heiße Nächte verbracht, manchmal auch mit einer Freundin zusammen. Aus Mangel an Männern hat sie auch öfter Sex mit Freundinnen, aber ihr fehlt schon ein richtiger Schwanz in ihr. Klar, mit einem Dildo kann man schon einige schöne Dinge zwischen zwei Frauen machen, aber es ist doch noch immer was anderes. Ein Dildo pulsiert nicht, zuckt nicht und spritzt sie nicht voll. Ihr Traum war es immer mal von mehreren Männern gleichzeitig gefickt zu werden und am Ende im Sperma zu baden. Klar ist das ein typisches Klischee, aber sie träumt oft davon.

Heute Abend wollte sie seit langem mal wieder einen richtig dicken und harten Schwanz sehen, gemeinsam mit ihm Fantasien ausleben und sich zum Orgasmus fingern, wenn der Typ am Bildschirm heftig abspritzt.

Sie hat sich alles schon zurechtgelegt, ihre Augenmaske angezogen und wartet im Prinzip nur noch auf den richtigen Typen, um mit ihm ein Online-Abenteuer zu erleben.

Die ersten Typen sind alle mega unattraktiv und haben auch kein bisschen Anstand, sondern tauchen schon wichsend am Bildschirm auf. Ein bisschen Konversation und freundliches Geplänkel möchte sie schon vorher haben. Man muss sich natürlich nicht richtig kennen lernen, aber ein bisschen Sympathie findet sie echt hilfreich!

Nach etlichen Versuchen hat sie nun einen jungen Mann gefunden, der einen großartigen Körper hat. Man sieht sein Gesicht leider nicht, aber er hat eine angenehme Stimme und macht einen sehr netten Eindruck auf sie. Sie unterhielten sich ein bisschen über dies und das, über Gott und die Welt, bis Svenja dann fragte, wie er denn aussehen würde. Sie wollte sein Gesicht sehen.

„Ich möchte gerne anonym bleiben, denn ich komme aus einem kleinen Kaff und da kennt jeder jeden. Wenn dass irgendjemand erfährt, was ich hier mache, bin ich das Gespött für die nächsten Wochen" erklärte er. „Hahaha, das kenne ich. Ich bin selbst aus einem kleinen Kaff in der Schweiz.

„Was ein Zufall, ich lebe in Lichtenstein" antwortete er. „Wie heißt Du eigentlich"? „Jana" antwortete Svenja „und Du?" „Nenn mich Samuel" sagte Holger. „Ist zwar nicht mein echter Name, aber ich würde gerne so heißen".

„OK, Samuel, der Name klingt echt nice. Jetzt zeig mal was Du zu bieten hast" forderte sie ihn auf. „OK" antwortete er und verschwand kurz aus dem Bild.

Er stellte sich so vor die Kamera, dass sie ihn ganz sehen konnte, bis auf seinen Kopf. Er zog das Shirt und die Shorts aus und stand nun in Unterhose vor ihr. Er hatte sauber definierte Muskeln und in seiner engen Unterhose zeigte sich eine deutliche und große Beule.

„Wenn Du mehr sehen willst, musst Du auch was zeigen" sagte er. Svenja saß vor dem Bildschirm, rückte ihre Maske zurecht und zog sich ihre Bluse und den Rock aus. Jetzt saß sie nur noch in BH und Schlüpfer vor dem PC. „

Also ich hab auch eine nackte Brust, daher ist es nur fair wenn Du auch Deinen BH ausziehst" sagte Holger alias Samuel. „Hmm, na gut" entgegnete Svenja gespielt zögerlich. Sie griff hinter sich und öffnete den BH, langsam ließ sie ihn zu Boden fallen und ihre wundervollen Brüste wurden sichtbar.

„WOW" entfuhr es ihm. „Danke" lächelte sie. Sie hatte feste, nicht zu große Brüste, die aber nicht hingen sondern schon straff abstanden. Ihre Nippel waren hart und die Vorhöfe leuchteten in die Kamera. „Dein Body ist aber auch schön anzusehen, dieses Sixpack ist schon beeindruckend", sie leckte sich dabei über die Lippen.

Er grinste, „Danke, dass kommt von meiner Arbeit. Ich muss viel schleppen jeden Tag." „Dann solltest Du mal mich schleppen… also abschleppen" lacht sie. Da klingelte es bei ihr an der Tür. „Oh, da muss ich einmal kurz gucken, wer das ist" sagte sie. Sie zog sich schnell einen Bademantel über und schaute durch den Spion. Es war Natalie von nebenan. Sie zog die Maske aus, versteckte diese in einer Schublade der Kommode und öffnete die Tür.

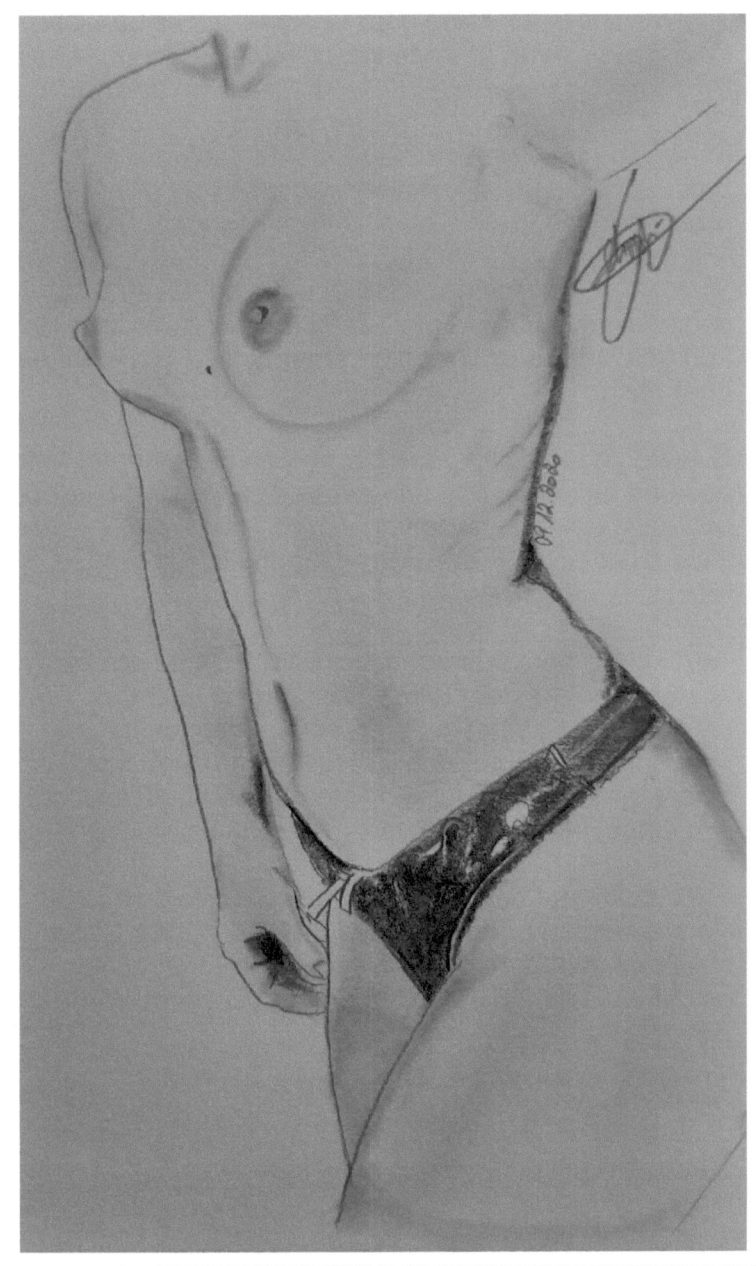

„Hallo Natalie, ich habe gerade eigentlich keine Zeit. Was gibt es denn?" fragte sie. „Oh hallo Svenja, ja kein Problem.

Ich wollte nur wissen, ob Du Samstag zuhause bist, weil ich dann ein Paket bekomme und selbst arbeiten muss."

„Ach so, ja klar. Ich habe frei und bin da. Mach´s gut" sagte sie und schloss die Tür. Natalie sah verdutzt die nun geschlossene Tür an und murmelte „Na die hat es aber nötig".

Svenja ging zurück zum PC, zog den Bademantel wieder aus und auch den Slip und setzte sich Splitterfaser nackt und mit gespreitzten Beinen vor die Kamera. Sie wollte Samuel so richtig geil machen, denn sie war mega feucht.

„SVENJA?" rief da jemand aus dem PC. Sie schrak zusammen. Auf dem Bildschirm tauchte jetzt das Gesicht von Samuel auf..... also von demjenigen der sich Samuel nannte. Es war Holger, ihr Chef aus dem Supermarkt. „Ho… Holger?" stotterte sie und schlang die Arme um ihre Brüste und schloss schnell ihre Beine.

Sie drückte auf der Tastatur herum und versuchte die Verbindung zu beenden, aber sie fand in ihrer Panik nicht den richtigen Knopf. Nach einigen Versuchen schaffte sie es dann doch und der Bildschirm wurde schwarz.

Sie beruhigte sich langsam und erst jetzt fiel ihr auf, dass sie die Maske nicht wieder aufgesetzt hatte. Sie hatte es in der Eile wieder zurück an den PC zu kommen einfach vergessen.

Ausgerechnet ihr Chef, oh man. Was sollte sie nun bloß tun. Sie musste morgen wieder zur Arbeit.

Sie lag die halbe Nacht wach, weil sie Angst vor dem nächsten Tag hatte. Erst gegen 4 Uhr nachts schlief sie ein und um Punkt 7 Uhr klingelte der Wecker. Sie hatte heute Mittagsschicht, von 12:00 – 19:00 Uhr.

Als der Wecker klingelte schrak sie aus einem Traum auf. Ihr Chef hatte ihr gekündigt und überall im Laden Zettel aufgehängt mit einem Warnhinweis: „Vorsicht, Svenja will nur euer Geld!". Darunter hing ein Foto von ihr wie sie mit geöffneten Beinen ihre Muschi mit den Fingern teilte.

Sie war nass geschwitzt und kroch ins Bad und stellte sich unter die Dusche. Das warme Wasser fühlte sich gut an auf ihrer Haut und machte etwas den Kopf frei.

„Man war das ein bekloppter Traum", sagte Sie zu sich selbst. Sie war sich auch gar nicht mehr sicher, ob sie nicht auch das mit Samuel, also Holger geträumt hatte.

Bis sie zur Arbeit musste, war noch etwas Zeit. Sie beschloss in einem Café frühstücken zu gehen. Sie zog sich eine weiße Bluse und einen roten Rock mit hohen Stiefeln an. Sie fuhr mit ihrem BMW Mini in die Stadt und ging zu ihrem Lieblingscafé. Sie setze sich und bestellte sich ein kleines Frühstück aus der Karte.

Es war etwa 9:00 Uhr, sie hatte also noch mehr als genug Zeit zur Arbeit zu fahren. Sie biss gerade in ein Weggen mit Bündnerfleisch, als ihr Handy piepste und eine Nachricht auf ihrem Handy auftauchte.
Es war eine Nachricht von Helena, ihrer Kollegin aus dem Supermarkt.

„Svenja, Du musst schnell zur Arbeit kommen. Holger dreht hier voll durch und hat mich schon mehr als zehnmal gefragt, wann Du endlich kommst. Was ist denn los?"

Oje, dass hörte sich nicht gut an. Sie schrieb zurück: „Ich habe doch erst um 12 Uhr Schicht, warum sollte ich jetzt schon da sein."

„Komm bitte, ich hab Angst dass er hier Mist baut"

Oh man, was sollte das nur. Sie bekam Angst, aber schrieb dennoch zurück: „Ich komme!"

Was in aller Welt sollte Sie jetzt tun? Sich ins Auto setzen und durchfahren bis das Benzin alle war? Oder zum Flughafen fahren und nach Bali fliegen und dort eine Wohnung mieten und nie zurückkommen?

Aber dann müsste Sie alle Freundinnen und Kollegen zurücklassen. Also setzte sie sich in ihr Auto und schnallte sich an. Aber sie saß noch ein paar Minuten unschlüssig da und überlegte, was sie tun sollte.

Dann machte Sie sich selbst Mut, „Was soll schon passieren? Wenn er mich bloßstellt, müsste er ja selbst zugeben, dass er auch auf der Webseite war. Und dass ich ihn fast nackt gesehen habe. Also wird er den Mund halten." Sie setzte in Gedanken ein leises „Hoffe ich" hinzu.

Sie fuhr los. Auf der E43 fuhr sie bei der Ausfahrt 10 Trübbach auf die Gagoz über den Rhein als sie merkte, dass ihr übel wurde. Sie hielt auf dem Parkplatz direkt hinter dem Rhein auf Lichtensteiner Seite und sprang förmlich aus dem Wagen und übergab sich ins Gras.

Ein deutscher Tourist stand etwas entfernt mit seinem Auto und schüttelte den Kopf.
Man hörte ein leises „Noch keine 10 Uhr und die Schweizer sind schon besoffen. Und dann auch noch Auto fahren. Unverantwortlich".

Sie musste innerlich lachen über so viel Ignoranz, gleichzeitig war sie aber auch froh, dass Sie nicht schwanger sein konnte. Ihr letzter echter Sex war schon Monate her.

Sie stieg wieder ins Auto und fuhr weiter. Sie hatte noch gut zwei Kilometer vor sich bis zum Migros. Sie war in Gedanken und hätte an der Kreuzung Gagoz/Egerta fast einen Fahrradfahrer überfahren. Sie winkte als Entschuldigung und fuhr weiter.

Als sie endlich auf dem Parkplatz am Migros parkte stieg sie mit zitternden Beinen aus und schlich erst einmal zum Bäcker, um einen Kaffee zu trinken. Denn mit dem Kotze-Atem wollte sie Holger nicht gegenübertreten.

Sie trank in kleinen Schlückchen, da der Kaffee noch echt heiß war. Plötzlich ging die Tür der Bäckerei auf und Holger stand im Durchgang. Sie verschluckte sich und der heiße Kaffee lief ihr aus dem Mund auf ihre Bluse. Sie erschrak: „Heiß, heiß, heiß" stöhnte sie. Die Verkäuferin in der Bäckerei gab ihr schnell ein nasses kaltes Handtuch und Svenja drückte es sich auf die Brust.

Sie blickte zu Holger. Er sah scheiße aus, als wenn er die ganze Nacht nicht geschlafen hätte. Seine Haare standen wild ab und er trug dieselben Sachen wie gestern. Komisch, dass ihr sowas in dieser Situation auffiel. Aber sie achtete immer auf Details.

„Svenja, ich hoffe Du hast Dir nichts getan. Ich muss Dich aber ganz dringend sprechen!" sagte er. „Kommst Du bitte mit, ich gebe Dir dann gleich auch ein trockenes T-Shirt in meinem Büro."

Sie folgte Holger in den Laden und in sein Büro. Er schloss die Tür. Trotz des heißen Kaffees lief es ihr nun eiskalt den Rücken herunter. Sie hatte panische Angst und zitterte wie Espenlaub.

Sie schlug die Hände vor die Augen und unterdrückte Tränen. Sie hörte das Holger auf sie zu kam und dann ein dumpfes „POCK". Sie öffnete vorsichtig ein Auge und sah, dass Holger vor ihr kniete.

„Svenja, bitte. Ich flehe Dich an, erzähl niemandem davon. Bitte NIEMANDEM. Ich habe kein Auge zugemacht aus Angst, dass Du etwas erzählst. Ich könnte mich nie wieder hier blicken lassen. Bitte schwör mir, dass Du niemandem davon erzählst".

Svenja hörte auf zu zittern und nahm die Hände ganz herunter. „DU hattest Angst? Weißt Du, was ich heute an Panikanfällen durchgemacht habe? Ich habe sogar in der kurzen Zeit, wo ich doch geschlafen habe, geträumt, dass Du ein Foto von mir gemacht hast, gestern und das hier aufgehängt hast im Laden. Ich habe vorhin sogar gekotzt vor Angst".

Holger stand auf. „Dein Ernst? Du bist nicht sauer auf mich?" Svenja sah ihn an," Natürlich nicht. Ich mag Dich und würde nie etwas tun, was Dir schadet. Außerdem" sich stockte. „Naja, außerdem müsste ich ja dann zugeben, dass ich auf der Seite mich ausgezogen habe".

Holger entspannte sich offensichtlich. „Man, da fällt mir echt ein Stein vom Herzen. Ich habe sogar überlegt, auszuwandern oder einfach abzuhauen" sagte er.

Svenja lachte laut, „Diese Gedanken hatte ich auch. Ich war schon fast auf dem Weg zum Flughafen". Sie grinste.

Holger schaute sie an und fragte, „Darf ich Dich zur Entschuldigung zum Essen einladen? Ich bin so glücklich, dass wir beide uns einig sind, es niemandem gegenüber zu erwähnen."

„Hmmm, was meinst Du wie glücklich ich bin??? Ich fühle mich gerade so befreit, dass ich Luftsprünge machen könnte! Also ja. OK. Lass uns essen gehen."

„OK, lass uns nach der Arbeit warten, bis alle anderen weg sind und dann schauen wir mal, wo wir essen gehen können."

Svenja nickte und ging festeren Schrittes zur Tür. Sie faste den Türgriff an und drehte sich nochmal um. „OK, so machen wir das. Aber ich weiß schon, wo wir essen gehen." Sie öffnete die Tür und ging aus dem Büro in den Laden.

Es war zwar erst 10:15 Uhr, aber sie zog sich in der Umkleide um und fing an zu arbeiten. Ihre Kaffee-Bluse hing sie in ihren Spint. Das Holger ihr das versprochene T-Shirt nicht gegeben hatte, würde Sie nachher noch mit ihm klären.

Während der Arbeit passierte „Gott sei Dank" nichts Erwähnenswertes. Der Laden schloss gegen 19:00 Uhr und der letzte Kunde, verließ den Laden um 19:08 Uhr.

Marlene und Ricardo verließen den Laden als letzte Mitarbeiter. Das Holger und Svenja die Letzten im Laden waren, war nichts Besonderes, das kam öfter vor. Holger schloss sein Büro ab und ging zu Svenja, die schon an der Tür wartete. Er wollte gerade die Ladentür öffnen, als sie den Schlüssel umdrehte und den Laden von innen abschloss.

„Was machst Du da?" fragte er sichtlich überrascht. „Du schuldest mir noch ein T-Shirt. Du hast es mir versprochen, heute Morgen beim Bäcker", erklärte Sie.

„Ach so, ja. Aber Du hast doch offensichtlich noch was in deinem Spind zum Anziehen gefunden. Also brauchst Du es ja nicht mehr", antwortete er.

„Ich WILL es aber. Und ich will DAS, was Du anhast", sagte Sie mit lasziver Stimme. „Wir sind hier ganz alleine, also kannst Du es ruhig ausziehen. Deine heiße Männerbrust kenne ich ja schon", lachte sie. „Außerdem hast Du mich gestern ganz nackt gesehen und ich durfte dich nur in Unterhose sehen. Das ist unfair" hauchte Sie ihm ins Ohr.

Holger verstand worauf da hinauslief. Ihm schoss sofort ein Gedanke durch den Kopf, „In welchem Gang waren nochmal die verdammten Kondome?" Er schluckte und sagte mit heiserer Stimme nur „OK".

Sie nahm seine Hand und führte Ihn in Richtung Aufenthaltsraum. Da stand eine Liege für den Fall, dass ein Kunde mal im Laden Kreislaufprobleme bekam und sich hinlegen musste. Sie gingen durch Gang sechs, vorbei an den Zahnbürsten, Deos, Duschgels und… Kondomen. Er schnappte sich eine Packung im Vorbeigehen.

Sie führte ihn in den Aufenthaltsraum und setze sich an den Tisch. „Zieh dich aus, aber langsam!" sagte sie. Er starte sie an und er sah das Blitzen in ihren Augen. Es war ihr Ernst, sie wollte ihn nackt sehen. Sein Schwanz regte sich in seiner Hose und er merkte, wie er steif wurde.

Svenja sah es auch und fixierte seinen Schritt mit ihren Augen. „LOS" hauchte sie.

Er zog sich langsam aus, erst das T-Shirt was er ihr auch zuwarf. Sie roch daran und zog es über ihren Pullover. Sie sah nun seine Muskeln und sein Sixpack an und leckte sich über die Lippen.

Er zog seine Schuhe und dann seine Hose aus und warf sie zur Seite. Es folgten die Strümpfe und dann stand er wie gestern nur in Unterhose vor ihr, mit dem Unterschied, dass sie heute sein Gesicht dabei sehen konnte. Und sie fand das Bild, dass sich ihr bot, sehr erregend. Sie merkte, dass Sie immer feuchter wurde, weil er echt hot war.

„Jetzt bist Du erstmal dran, wenn Du alles sehen willst", sagte er. Sie hörte, dass seine Stimme vor Aufregung zitterte.

Sie stand auf, zog sein Shirt wieder aus, dann ihren Pullover. Darunter trug sie nichts. Der BH war von heute Morgen noch mit Kaffee vollgeschmiert und im Spint hatte sie keinen Ersatz-BH. Also hatte sie einfach den Möpsen freien Lauf gelassen unter dem Pullover.

Sie zog nun ihre Schuhe aus, stellte sie ordentlich neben den Tisch und öffnete dann ihre Hose. Langsam ließ sie diese zu Boden gleiten.

Holger merkte wie sein Schwanz nun fast waagerecht von ihm abstand, trotz der engen Unterhose. Sie bückte sich und stieg aus der Hose.

Sie sah auf und sah direkt auf den harten Schwanz in seinem Stoffgefängnis, denn Holger war auf sie zugegangen und stand nun direkt vor ihr. Sie griff beherzt an den Saum seiner Unterhose und zog sie herunter. Sein Schwanz schnellte hoch und berührte ihre Nase.

Sie lachte auf und kicherte. Dann sah sie ihre Gelegenheit und stülpte ihren Mund über seinen Schwanz. Er war erstaunlich groß. So einen großen hat sie noch nie im Mund gehabt. Er machte unweigerlich einen Stoß nach vorne und sie musste würgen, weil er bis in ihre Kehle stieß.

Er zog sich erschrocken zurück und entschuldigte sich sofort. "Sorry, das wollte ich nicht!" sagte er. Sie lachte, steckte sich ihn wieder in den Mund und nahm ihn bis zum Anschlag in den Mund. Drei Mal nahm sie ihn ganz tief, dann musste sie wieder würgen. Sie lachte erneut.

„Man, dass fühlt sich geil an, auch wenn ich würgen muss. Ich liebe jetzt schon deinen Schwanz!" sagte sie. „Eins muss Dir aber klar sein", sagte Sie. „Der gehört ab sofort mir alleine!!!!". Er lachte.

Sie begann wieder ihn tief in ihren Hals zu nehmen und Holger stöhnte laut auf. Dann zog er sich zurück und machte zwei Schritte nach hinten.

„Du hast ja noch immer Dein Höschen an. Das finde ich doof", sagte er.

26. Januar 2021

„Dann ändere das doch, wenn Du mich kriegst", lachte sie und rannte los. Er war zunächst überrascht, aber dann rannte er ihr hinterher. Sie lief durch Gang vier, vorbei an Babynahrung und Müslis, weiter in Gang fünf an Tiefkühlkost und Dosenobst vorbei.

Als Sie in Gang acht Richtung Backwaren und Getränke abbiegen wollte schnappte er sie und schlang seine Arme um ihre Hüfte. Sie versuchte sich zu befreien, aber er rang sie nieder. Er lag halb auf ihr, sie rangen beide nach Atem. Sie spürte sein hartes, erigiertes Glied an ihrem Oberschenkel und dachte nur daran, wie es sein muss, wenn er in sie eindrang mit diesem großen Schwanz.

Er sah ihr tief in die Augen, griff mit einer Hand an ihren Slip und schob ihn zur Seite, setzte seinen Schwanz an ihrem Honigtopf an und stieß zu. Sie stöhnte laut auf. „WOW", dachte sie. „So ausgefüllt habe ich mich noch nie gefühlt." Sie schlang ihre Arme um seinen Nacken und er fing an in sie hineinzustoßen. Immer wieder.

Sie konnte nicht anders als laut zu stöhnen bei jedem Stoß. Es war ein himmlisches Gefühl endlich wieder einen Schwanz in sich zu spüren und dann auch noch so ein Riesenteil. Es raubte ihr den Atem. Er stieß immer heftiger zu, sie kam immer wieder. Sie war bereits kurz davor ohnmächtig zu werden von all den Orgasmen als sie merkte, wie er sich versteifte und dann seine Ladung in sie abspritzte. Sie spürte jeden einzelnen Spritzer und jedes Zucken seines Penis in ihr.

Erschöpft lag er auf ihr und sie rollte ihn vorsichtig von sich herunter, sodass er neben ihr keuchend auf dem Boden lag. Sie rang selbst nach Luft.

Als sich Beide wieder ein bisschen beruhigt hatten und der Atem wieder langsamer ging, sah sie ihn an und sagte, „Dir ist schon klar, dass das noch lange nicht das Ende des Abends war?". Er lachte und erwiederte, „Ich hatte schon Angst, dass Du jetzt Deine Sachen nimmst und gehst."

„Oh nein mein Freund, so leicht kommst Du mir nicht davon. Ich bin ausgehungert. Ich will mehr, viel mehr. Ich will dass Du es mir gleich Doggy besorgst, dann will ich Dich reiten und am Ende will ich einen genüsslichen 69 und deinen Schwanz blasen während Du meine Muschi ausleckst. Ich will heute ALLES! Wir müssen nur bis morgen früh weg sein, bevor die Putzfrauen kommen."

Er lachte wieder, fragte sich in Gedanken, ob er da standhaft genug für sein würde, aber er nahm sein Schicksal an. Er würde sich zumindest Mühe geben.

Und die Aussicht, ihre Möse heute noch auslecken zu dürfen ließ seinen Schwanz wieder aufrecht stehen.

Sie drehte sich um. Da lag eine Packung Kondome auf dem Boden. Sie hatten das Kondom vergessen. Sie zeigte ihm die Packung. Er bekam große Augen, dann beruhigte Sie ihn: „Ich bin sterilisiert. Ich kann keine Kinder bekommen. Du kannst mich vollspritzen, wann und wo du willst." Er atmete erleichtert auf.

Er mochte Svenja, vor allem ihren Body. Aber ob es für eine Beziehung reichen würde, wusste er nicht. Aber das war ihm heute egal! Heute ging es nur um eins.

UM SEX!!!

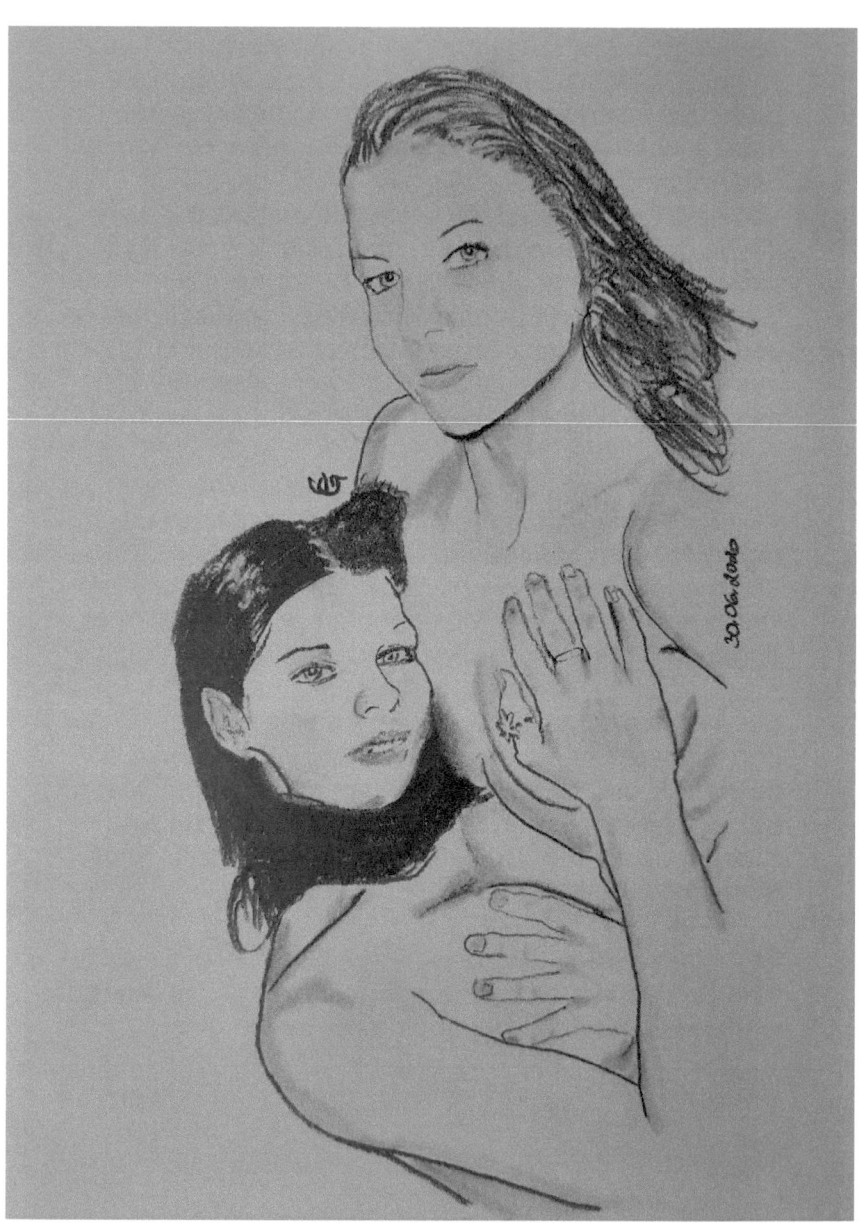